色えんぴつのワルツ

黒田真由
Mayu Kuroda

幻冬舎
MC

登場人物

●虹橋（にじはし） 琴（こと）

三十歳。絵を描くのが好きな真面目で大人しい女性。絵描きの道を諦めて、事務職のアルバイトをしている。

●床寄（とこよせ） 空（そら）

三十二歳。好奇心旺盛で、アクティブなＯＬ。困っている人は助けずにいられない正義感強めの女性。

●狭間（はざま） 望（のぞむ）

二十六歳。のんびりした性格の男性。過去の経緯から、自己肯定感が低い。

夢と現実の狭間の住人

●ルーン

黒猫。喋ることはできないが、人の言葉を理解している。

●チャーリー

白猫。喋ることはできないが、人の言葉を理解している。

●瀬戸 エドワード

二ヶ国のルーツをもつ男性。年齢は五十歳だが、若く見えるのかよく四十代に思われる。それなのに、喋り方が独特。なぜかルーンとチャーリーの言葉を理解できる。

●ロジャー

〝空〟の管理人。優しいおじいさん。〝空〟を魔法で管理している。身長が低いため、人によっては細身のドワーフのような印象を受ける。

目次

Chapter・1 運命の始まりのメロディー

午前十時五分。なんの予定もない花の金曜日。有給休暇を贅沢に使う。

何をするわけでもないが、近所の他人の生活音を目覚ましに通常通り目が開いた。

昨晩は、「久々に美容室に行って、本屋さんに行って……。あ、図書館もいいな」と、今日の予定についていろいろ考えていたが、いざ起きるとだらだら過ごしたくなるのは、人間の性(さが)というものだろうか。

元来、あまり〝女の子らしい〟や〝女性らしい〟というものに無頓着な私は、職場の〝結婚〟や〝恋愛〟への安定神話に辟易していた。

もちろん、恋愛や結婚をしたくないわけではない。虹橋琴(にじはしこと)という一人の女性としての憧れがないわけでもない。

その証拠に、ある女優に憧れて、髪は彼女に似せた黒髪のロングにしている。

ただ、「結婚しなよ」と、安易に勧められる空気が苦しいのだ。まるで、暗い水中で酸素の供給がなくなったような感覚になる。

だから、酸素を求めてしまう。その行動が、読書だったり、ラジオや音楽を聴いたり、眠ることだったりするわけだ。

世の中では、これを〝インドア派〟とかっこよく言っていたり、〝引きこもり〟と自虐的に言っていたりするようだ。

「私は、間違いなく後者だな」

一人、苦笑した。

外では、近所の小学生が、元気に運動会の練習をしている。そして、透き通るような青空が広がっている。

化粧をしていないせいか、ちゃんと呼吸をしている気がした。それにしても、眩しい空だ。

さて、せっかくの贅沢な有給休暇をどうするか……。自分を持て余しているところが、性格や仕事、人生によく表れているではないか。

一人自己分析しながら、とりあえずインスタントココアを淹れてみる。

テレビをつけると、延々と続く政治の汚職ニュースやどこかの誰かのスキャンダル。贔屓の政党はないが、議会で繰り返される問答はすぐに見飽きた。

それこそ、税金の無駄遣いではないかとすら思う時もある。だからと言って、自分が政治家になってどうこうしたいわけでもないが。

録画していた番組を見ていこうと思いリモコンを操作する。あんなに見たかったはずの番組が、どうしても頭に入ってこない。他の番組を見ようとするが、これもハズレ。どうやら、今は見る気分ではないらしい。

仕方がないので、ごろりと寝転んでみる。今日はもう何もせずに寝てしまおうと、まだ覚めない頭をソファに預ける。

私は、何がしたいのだろう？　私には何がある？　周りのように上手くやれない自分に、嫌気が差す。

「生理前なのかなー……？」

頭は回らないし、感情が安定しない。いっそ転職してしまおうか。

仕事が嫌いなわけではないけれど、時期のせいか、環境のせいか、アルバイトだからか、暇過ぎて余計なことばかりが頭をよぎる。世の中では、〝贅沢な悩み〟になるのだろう。

しかし、時に〝暇〟というものは、人の心を壊すには十分過ぎる凶器となる。何かしたくても動いてはいけない。出しゃばってはいけない。その状況に陥ると、世界は唐突に無機質なものとなる。幸せな平凡を生きる人たちでは、出会うことはない世界だろう。

右に倣えという人間関係が苦手だから、ホルモンバランスとのコラボレーションが起こると、気持ちが余計にしんどくなる。息が詰まる。夢なら上手くやれるのに。

「働きたくないなぁ……」

ぽそっとぼやいてみても、空は変わらず青い。

また瞼が重くなってきた。あぁ、せっかくの花の金曜日だというのに、無駄になってしまう。

しかし、これくらいの抵抗では生理現象に敵うわけなんてなく、視界はあっという間に揺らいでいった。


気づくと、私は森にいた。傍らには艶やかな黒猫が寝ている。

冷たい黒さなのに、触ると温かい。撫でるとしっぽが揺れる。

猫の傍らには、一冊のスケッチブックと一本の４Ｂの鉛筆がある。そして、一個の消しゴム。

「ここは一体……？　夢？　でも、感触がリアル……」

鉛筆が冷たい。あたりは静寂に包まれている。動く葉が擦れる音すらしない。

目の前には、湖がある。水面は、日差しでキラキラとしている。

そして、鉛筆と黒猫のそばには、大きな木がある。

日差しのシャワーは暖かい。草木の香りが鼻をくすぐる。

そよ風に撫でられながら、視界がまたまどろむ。黒猫が、良い具合の抱き枕になりそうだ。

木の根元に腰かけると、思わず眠りそうになる。しかし。

「寝たくない。せっかくのスケッチブックを使いたい。今は描かないと」

なぜか、無性に描かなければいけないような気がした。その感情は、あっという間に私を支配する。

がむしゃらに景色とスケッチブックを交互に見る。鉛筆が踊り出す。感情のメロディーに合わせて舞う。

描いては消して、消しては描いていく。

「これじゃない……これじゃない！　私の見ている景色はこんなものじゃない！」

どんどん紙がくすむ。描いても、描いても、目の前の臨場感が出ない。

こんなに綺麗なのに。４Ｂの鉛筆一本では上手くできない。描けば描くほど黒ずんでしまう。

黒猫がしっぽを揺らしながら、チラリとこちらを見ては、また目を閉じるのが視界に入った。

「だめだ。少し落ち着こう」

目を閉じてみる。深呼吸をして、そっと目を開ける。

「この世界が、モノクロ写真になったら……」

突然、そんな考えが降って来た。鉛筆が軽くなった。鉛筆が、軽快なステップを踏みながら踊り出す。今度のメロディーは、軽やかで爽やかで。スケッチブックのくすみが、良い風合いになる。

「これかな？　でも、こんなふうにも見えるな」

黒猫はいつの間にか、鉛筆のステップを目で追っていた。鉛筆のダンスは、軽やかなステップと共に終演を迎える。

暖かい日差しのシャワーが、鉛筆の足跡をきらめかせる。

「どうかな？」

黒猫は、何も言わずに目を細めた。満足げに見えるのは、気のせいかもしれない。

絵を描き切ると、私は急激な睡魔に襲われた。瞼が重い。日差しのシャワーが眠りを誘う。

もっと景色を見ていたいのに。私の瞼は磁石のように寄っていく。

睡魔に勝てず、私の視界は、蜃気楼のように揺らいでいってしまった。

それは、不思議な出会いだった。いつものコンビニで、いつものビールとつまみと、お気に入りのチョコレートを買う。

店を出て家路へ向かうあたしの視界に、きょろきょろしながら歩く不思議な人が入って来た。

スローペースで歩くその人と比べ、いつものハイペースで歩くあたしはあっという間に追いついてしまう。

なんとなく少し気になって顔を覗き見ると、何かを探している様子のおじいさんだった。

あたしは、声をかけるか迷った。とは言え、困った人を見過ごすのは嫌だ。困った時はお互い様だ。

「あの……、どうかしたんですか？」

少し遠慮がちに声をかける。すると、彼はかなり驚いたのか、振り向いて大きく目を見開いて固まった。

彼は何も言わずに、ひたすら固まっている。無言で見つめ合うあたしたち。

「お前さん……、ワシが見えるのかね……？」

彼は、ようやく声を出したかと思うと、他の人ではないことを確認するようにあたりをきょろきょろと見渡した。

「え？　当たり前じゃないですか！　幽霊じゃあるまいし！」

思わぬ返答に思わず笑って返すと、彼はちょっぴり困ったような笑みを浮かべながら、

「そうか……。まぁ、そうじゃが……。いや、しかし、ちゃんと呪文は合っていたはずなのじゃがなぁ……。見えるタイプの子かのう……」

と、何やら意味不明なことを呟き出した。

「おじいさんは生身の人間でしょう？　それなら、見えないわけがないじゃない。面白いことを言うのね。ところで、さっきから何をしているの？」

すると、彼は黙って俯き、考え込んだ。彼は、十秒ほど考えてからおもむろに口を開き、こう告げた。

「実は、ピースを探しておってのう……。真ん中に星が瞬くピースでの。それがないと困るんじゃ。このあたりに落ちているはずなんじゃがなぁ……」

「ピースって、パズルのピース？」

「まぁ、そのようなものかの」

「目印は、瞬く星なのね？」

「左様。瞬く星なんじゃが……」

そう言うと、彼は眉尻を下げて苦笑した。

困った表情を浮かべる彼の顔を見つめながら、あたしはほんの少しの思案をした。

困っている理由がわかれば、あとは早い（と、その時は思った）。困った顔をするお年寄りを放っておくのは、床寄空（とこよせそら）という人間としてなんとなくよろしくない気がする。

「おじいさん！　一緒に探すよ！」

彼はまた驚いて、先ほどよりも大きく目を見開く。時間でいうと、数秒だろうか。無言であたしを見つめてくる彼。

「この子に頼んだところで、そもそも見えるじゃろうか……？　いや、しかし、ワシが見えとるしのう……」

そう言うと、彼はまた考え込んでしまった。これでは埒が明かない。

「なんかよくわかんないけど、もう探すって決めたから勝手に探すね！」

そう言って、道をくまなく見ていく。

彼は、溜（た）め息をついて、

「恩に着るよ、お嬢さん」

と、なかば諦めたような声をかけてきた。

さて。探すとは言ったものの、彼の言う通りなかなかピースが見つからない。

瞬く星が目印と言っていたが、その瞬く星の光が見つけられないのだ。

あっという間に、一時間が経っていた。何か良い方法はないものか……。

「おじいさん！　ひょっとして、そのピースって、光を反射したりしない？」

「うむ……。反射するかもしれんし、しないかもしれん」

彼は、そう言って困った顔をした。

よくはわからないが、試す価値はあるのかもしれない。スマートフォンを取り出してライトをつけ、あたりを照らしてみる。

すると、コンビニのそばで何かが光った。慌てて近寄ってみた。が、それは鏡のような膜がついたガラスの欠片だった。なんとも紛らわしいものである。

その後、あたしは何度もピース以外のものの反射に騙され続けた。

あれから、更に一時間は探しただろうか。もうなかば諦めかけたその時のことだった。

コンビニの光が届くギリギリのところで、光の反射を見つけた。

藁にもすがる思いで見に行くと、それはパズルのピースの形をした透明なものだった。よく見ると、星が瞬いているような模様がある。

「おじいさん！　これじゃない⁉」

あたしは、慌ててピースを拾って彼に駆け寄る。

「おお、そうじゃこれじゃ！　これを探しておったんじゃ！　ありがとう！　ありがとう！　お嬢さんのお陰で、ピースの作り直しは避けられるわい！」

そう言って、彼は顔を綻ばせた。

「何かお礼をさせてくれまいか、お嬢さん」

今更ながら呼ばれ方に照れつつも、このピースがどんなパズルになるのかが気になった。

「お礼かぁ……。それじゃあ、そのパズルを見せてよ！　どんなパズルか見てみたい！」

そう言うと、おじいさんは困ったように眉尻をまた下げる。

「さて、困ったもんじゃのう……。〝空〟について興味を持つとはのう……」

「その〝空〟？　とか言うパズルを見せてくれたら、それで良いの！」

あたしはそう言って、にっこり笑ってみせた。

彼は、少し考え込んだ。そして、

「まぁ、ワシが見える子じゃし、ひょっとしたらひょっとするかもしれんしのう……。良かろう。ついて来なされ」

と言うと、見かけた時のふらふらした足どりはどこへ行ったのやら。さっさと歩き始めてしまった。

「あ！　ちょっと！　置いていかないでよ！」

慌てて彼を追いかける。

ふと空を見上げると、うっすら星が瞬いていた。


おじいさんについて行くこと約二十分。あたしは、一度も足を踏み入れたことのない森の中を進んでいた。

「足下に気をつけなされ」

彼はそう言って、ランタンを揺らした。獣道を奥へ奥へと進んで行く。

「おじいさん、どこまで行くの？」

「もう少しじゃ。辛抱なされよ」

諦めて歩を進めると、目の前に洞窟が見えてきた。

「ほれ、あの奥じゃよ」

彼はそう言って、躊躇（ためら）うことなく洞窟へと吸い込まれていった。

「怖いけど、今更戻れないしなぁ……。仕方ない、入るぞ！」

気合いを入れて、歩を進める。人一人がやっと通れる幅を進んで行く。時々、肩や腕を擦ってしまったが、進むしかない。この暗闇では、おじいさんのランタンだけが頼りだ。

どこかからサラサラと水が流れる音がするが、この暗闇では、それがどこで流れているのかわからない。ただ、向かい風が吹いていることだけは感じる。

出口が近づいてきたのか、ほんのり草木の香りが鼻の周りを漂い始めた。

しかし、歩けど歩けど、一向に出口は見えてこない。

「おじいさん、まだー？」

「あと少しじゃ。踏ん張りなされ」

おじいさんは、振り返らずに歩を進める。この状況では、おとなしくついて行くしか、あたしに選択肢はない。

洞窟に入ってから、三十分は歩いただろうか。ようやく細い一筋の光が見えてきた。

「やっと着いた……」

言葉を漏らしながら、洞窟を出る。すると、あたしの目を、容赦ない光が攻撃してきた。

思わず目を閉じて、目を光に慣らすことに専念する。思わぬ眩しさに、涙が出てきた。

「おじいさん。申し訳ないけど、少し待ってくれない？　目が辛くて……」

あたしは涙をぼろぼろと流しながら、前方に顔を向けた。

「おやおや。これは、少し休むしかなさそうじゃの。あと少しじゃが、仕方がないのう……」

彼の言葉を聞きながら、いつものごとく光からの攻撃にひたすら耐える。なぜか、いつも暗がりから一気に明るい場所に出ると、こうなってしまう。普段暗がりにいるわけではないのに。出かける時は、サングラス必須だ。

しかし、まさか洞窟の外がこんなにも明るいとは思わなかった。だって、洞窟に入る前は星空の下にいたのだから。明るいはずがない。

こういう時に限ってサングラスがないため、眩しさにひたすらに涙を流す。

諦めてしばらく目を閉じていると、ようやく目が慣れてきた。そっと目を開けると、目の前には小高い丘。そして、丘の頂上には大木がある。

空を見ると、ところどころピース型に真っ黒な部分がある。こんなに明るいのに、なんでだろうと、あたしは首を捻った。そもそも、コンビニで空を見た時は夜だったのに、なぜこんなに明るいのだろう？　この空は、実は天井で、あそこは作成途中とか？　でも、わざわざパズルのピースの形に黒いなんておかしい。

あたしは、その不思議な光景に、混乱するばかりだった。

よく見ると、丘の麓に木の扉があった。あたしの行先は、あの扉の向こうにあるのだろうか？　しかし、その扉まで百メートルはある。

「まだ歩くの……？」

「ほれ。あの扉の中が、ワシの家じゃよ。あと少し、頑張りなされ」

彼はそう言うと、またすたすたと歩いて行く。あたしは、仕方なく彼について行く。疲れてはいるものの、草木の香りが心地いい。風はあるのに、音がない。不思議な場所だ。

「おじいさん、ここはなぜこんなに明るいの？」

「ここは、その時の〝空〟で変わるのじゃよ」

「空で変わる……？　え、意味わかんない」

「ほっほ、お嬢さんも見ればわかるぞ」

よくわからないが、見ればわかると言うなら仕方がない。

百メートルくらいだと思った距離は、思った以上に長かった。いくら心地よくても、一向に縮まらない距離と一向に変わらない景色に嫌気が差してきそうだ。

ようやくたどり着いた頃には、あたしの足は棒のようになっていた。

「遠い……、遠過ぎる……。おじいさん！　こんなに遠いなら最初に言ってよ！　足が棒になっちゃったじゃん！」

「ほっほ。お嬢さん、さては普段あまり歩いておらんな？」

彼は、ニヤリと笑う。こちらは、ぐぅの音も出ない。デスクワークだから仕方ない……と、思いたい。

「ほれ、入りなされ」

そう言って扉を開けると、本とガラスの蓋に覆われたジグソーパズルが目の前に現れた。

ジグソーパズルを覗き込むと、一部ピースがない箇所があった。そして絵柄は、外で見たのと全く同じ青空だった。


ある日の夕暮れ時。いつもの日常をこなして、家路を歩く。僕は、仕事帰りの疲労を纏（まと）い、のんびり歩く。狭間望（はざまのぞむ）という人間の人生は、なんだか疲れる。

ぼんやり今読んでいる本の続きを気にしながら歩いていると、電柱のそばで佇んでいる真っ白な猫と目が合った。飼い猫だろうか。とても綺麗な瞳で、ふわふわとした長毛の毛並みの美しい白猫だった。

白猫はしばらくこちらを見ていたかと思うと、振り返りながら僕の前を歩き出した。どうしてだか、ついて来いと言われている気がした。
「良いよ。ついて行くから安心しておくれ」

白猫に向かってそう言うと、白猫は安心したのか振り返らずに進み出した。

ところが、突然左手に雑木林が見えてきたかと思うと、白猫はひょいとそこに入って行ってしまった。

薄暗い雑木林に、一瞬入ることを躊躇う。しかし、白猫はちょこんと僕の方に向かって座り、そのまま動かなくなった。

雑木林の前で立ち竦（すく）む。しかし、白猫も動かない。

やはり、僕のことを待っているようだ。仕方がないので、おとなしく雑木林に入って行った。

僕が歩を進めると、白猫はまた振り返らずに進み出す。一度頭に枝が当たったりはしたが、思ったより歩きにくくはなかった。しかし、獣すら通らないのか、道らしき道はなく、誰かが歩いた様子もない。

白猫はというと、どんどんと奥へ進んで行く。僕の頭に枝が当たった時だけ振り返って気にしてくれたように見えたが、たいしたことがないとわかると、またそのまま進み出したのであった。

暗い雑木林は突然終わりを告げた。夕暮れ時であんなにも暗かったはずなのに、雑木林の先は、昼のような明るさだ。

急な明るさに立ち止まって、思わず目を細める。しかし、目はすぐに慣れた。目の前には小高い丘があり、頂上には大木がある。

空は雲ひとつない青空。しかし、不思議なことに、ところどころピースの形に真っ黒な部分が空にあった。あれはなんだろう？　空って、パズルのピース型に暗くなることなんてあるのだろうか？　そんな話は聞いたことがない。そもそも、僕は夕暮れの道を歩いていたはず。実は、ここは屋内で、あれは天井だろうか？　そうだとしたら、この空模様の説明がつく。でも、どう見ても本物の空だ。

その不思議な空模様に、僕の頭の中は疑問で溢れていった。

白猫は、空を見つめる僕を気にせず、どんどん頂上に向かって進んで行く。

「あっ、ちょっと待って！」

慌てて白猫を追いかける。白猫は頂上に着くと、何事もなかったかのように大木の根元で丸くなった。

僕は軽く息を切らしながら、少し遅れて大木にたどり着いた。すると、丘以外の周りは森になっていた。僕がいた町も見当たらない。延々と森が広がっている。

僕は呆然としながらも、冷静に状況を確認しようとした。が、やはり混乱していたらしい。

「さて、猫くん。ここはどこだい？　僕のいた町はどこに消えてしまったんだい？」

話せるはずのない白猫に向かって質問をしてみる。

「にゃー」

白猫はというと、こちらをちらりと見て鳴いただけなのであった。

白猫に聞いても埒が明かないので、とりあえず頂上から降りて、周囲を探索することにした。

周囲は深い森に囲まれている。ひとまず、丘を時計回りに一周してみることにする。四分の三ほど回ったところで、右手の丘の麓のところに扉があることに気づいた。

さすがにいきなり開けるのは気が引けたので、ノックをしてみた。返事はない。念のため、もう一度ノックする。しかし、応答はない。

「さて……。勝手に入って良いものか……」

扉の前で立ち竦む。かといって、このあたりで人のいそうな場所がある気配はない。どうしたものか……。

「やはり、勝手にお邪魔させていただくしかないか……」

僕は、思いきって扉を開けることにした。ただし、鍵が開いていればの話だが。

とりあえず、開けて声をかけてみよう。誰かいれば反応があるかもしれない。

「失礼しまーす……。誰かいませんかー？」

そっと扉を開く。扉は簡単に開いた。しかし、返事はない。

最初に視界に入ってきたのは、壁一面びっしりと本で埋まった本棚と、部屋の中央にガラスの蓋をして置いてあるジグソーパズルだった。ジグソーパズルはなんだかキラキラしている。覗き込むと、先ほど見た空と同じ様子のジグソーパズルがあった。さっき見た時と同じように、一部が欠けている。僕は、驚きと困惑を抱きながら大きく目を見開いた。

ジグソーパズルをしばらく見つめた後、僕の視線は、本棚に向かった。

僕は本が好きだ。特に好きな著者はいないが、本を捲（めく）る音や、本特有のあの匂いが好きだ。

そんな僕の目の前にさまざまな言語の本が、言語ごとに並べられている。まるで、好物のエサを目の前にぶら下げられている気分だ。

「どれも読んでみたい……」

勝手に上がり込んで、勝手に読んで良いわけがない。しかし、とうとうタイトルに負けて、本を手に取ってしまった。

本の背表紙には、『空想の世界〜夢と現実のはざま物語〜』とある。そっとページを開いてみる。どうやらこの小説の主人公は女性のようだ。女性が夢の中で旅をしながら絵を描いていくストーリーらしい。

そういえば、そもそも今いるここは現実なのだろうか？　今まで見てきた光景は、まるでおとぎ話のように思える。

どうやらここは、謎が謎を呼ぶ場所のようだ。

Chapter・2 溶けきれない氷

目が覚めると、いつもの風景に戻っていた。いつもと変わらない、いつもの部屋。寝過ぎたせいか、頭痛と倦怠感と喉の渇きを感じる。あれだけリアルな夢だったからかもしれない。

水を飲もうと、右手をついて立ち上がる。ふと見ると、手の小指側の側面が鉛筆を使った後のように黒ずんでいた。

「うわっ、真っ黒……」

鉛筆なんて、久しく使っていない。さっきの夢以外では。

「あれが、まさかの現実？　そんな馬鹿な……」

しかし、他に思い当たる節もない。家に鉛筆自体がないのだから。置いてあるシャープペンシルすらほとんど使わない。不思議に思うが、落ち着くためにも水を飲もう。寝ぼけているだけかもしれない。

コップに水を入れて飲む。水が身体を冷やしていく感覚で、視界もはっきりしていく。恐る恐る右手を見た。黒ずんでいた。

「夢ではない？　じゃあ私は、眠る一瞬の間にどこへ移動したの？　あんな絵画でしか見られそうにない景色の場所は近所にないはず……」

一人で思案してみたところで、考えがまとまるわけでもなく……。

夢の中にしては、何もかもがリアルだった。感触も、視界も、匂いも。

「そういやあの黒猫ちゃん、えらく毛並みが良かったなぁ……」

人馴れしているようだった。逃げもせず、鉛筆の動きを目で追っていた。しかし、いくら考えたところで、答えにたどり着くわけもなく。だからといって、やめられるわけでもない。

「んーっ！　頭が混乱する……！」

結局、答えは〝不思議な夢〟のままで止まっている。夢遊病なら、部屋のどこかに鉛筆や、スケッチブックがありそうだが、それがないのだから不思議だ。その辺は医師なら何かわかるかもしれないが、そこまで調べる気にはなれない。

思考回路が慌ただし過ぎるから、読書にでも逃げようか。それもある種の夢の世界か……。

「そういえば……」

またあの黒猫に会えるだろうか？　もし今宵も夢にスケッチブックなどがあったら、また私は絵を描くのだろうか？

不思議な夢なだけあって、疑問は尽きない。

だけれど、どこかで楽しみにしている自分がいるのは間違いなかった。

絵を描くことを楽しんでいた幼少の頃を思い出す。あの頃は楽しかった。コンクールの結果なんて、気にもせず、絵を描くことが純粋に楽しかった。中学一年生の時にコンクールで出会ったあの絵。あの絵を見て、才能の差に愕然とした。そう、私には才能がない。

溜め息をつく。なんでだか、あの黒猫には、きっとまた出会う予感がしている。夢に持ち込みができるなら、何かエサとなるようなものを持っていくのだが、なんとなく難しい気がした。

不思議なことと言えば、あの夢の中では、とても心地のよい風と、草木の香りがしていた。とても良い香りで、森林浴をしているような感覚でもあった。日差しは心地よく、暑くもなく寒くもなく、ほどよい暖かさと風の冷たさがあった。

あの場所は、実在する場所なのだろうか？　それとも、私の空想の産物なのだろうか。夢だから空想のような気もするけれど、過去に写真か絵で見た風景なのかもしれない。

「考えても仕方ないから、もう寝ようかな……」

思考を止めて布団に潜り込んだ。今日も、夜が更けていく。

気づくと、夕暮れ時の砂漠にいた。これは夢なのだろうか？　それとも現実なのだろうか？

さっき布団に入ったから夢だと思う。しかし、砂の感触がちゃんとしている。

なんだか肌寒い。砂漠の夜はかなり冷え込むと、どこかで読んだ覚えがある。

そして、傍らにはまたスケッチブックと鉛筆と消しゴムとあの黒猫。

前回と異なるのは、水彩色鉛筆と絵筆のセットが一緒に置いてあることだ。

また描けというのか。いや、描かねばならないのだ。またあの衝動に駆られる。

衝動に導かれるままに、鉛筆を踊らせる。黒猫の視線がスケッチブックに注がれている。

月も太陽も見えないが、オレンジ色と紫色のグラデーションが綺麗な空だ。たったひとつだけ瞬く星と砂の山。近くにオアシスもないようだ。

鉛筆でおおまかに描き終えると、今度は水彩色鉛筆の出番だ。自分なりに夕暮れ時の色をつけていく。まるで、混ぜる前のカシスオレンジのような空だ。

あっという間に描き終えた。しかし、何か物足りない。

「なんだろう……？」

黒猫がスケッチブックに手を出して、「にゃあ」と鳴いた。そうだ、肝心の君がいなかった。

「君も入れないとね」

黒猫は、自分がモデルになったことに気づいたのか気づいていないのか、遠くの星を眺め出した。しっぽが揺らめいている。艶やかな黒。

いつか読んだ雑誌によると、ほとんどの黒猫は茶色などの色が混ざっており、純粋な黒ではないらしい。ただ、今目の前にいる黒猫は、〝漆黒〟という言葉がぴったりな、本当に真っ黒な猫だ。

「君は、本当に綺麗な黒だねぇ」

思わず話しかけてしまった。すると、話がわかるのか背筋をピッと伸ばして、嬉しそうに（そう見えただけかもしれない）「ニャア」と鳴いた。そして、前足を前に出して、あくびをしながらヨガの猫のポーズのように背中を伸ばしたかと思うと、撫でてと言わんばかりにこちらに視線を向けてから、そばで丸くなった。

「猫団子……」

そう言いながら、黒猫の頭を撫でる。黒猫は心地がいいのか、ゴロゴロと喉を鳴らした。

改めて絵を見てみた。砂漠ゆえの殺風景な感じもあるが、猫と星で少しは絵が生きているように見えるのではないだろうか。

決して絵が上手いわけではないが、昔から絵を描くのは好きだった。しかし、世の中は生き残ることのできる天才がゴロゴロしている。

「絵描きになりたかったこともあったなぁ……」

なんて一人こぼしながら、空を仰ぐ。肌寒さを感じながら、空のグラデーションに圧倒された。

「あぁ、綺麗だ……」

たったひとつ、どこか寂しげに瞬く星を眺めながら、黒猫を撫でる。

至福の時とはこのことだ。しかし、終わりというものは突然やってくる。

まばたきをした瞬間、私は自分の布団の中にいた。撫でた時に抜けてしまったのであろう。黒猫の毛が、指に絡んでいたのだった。

一体全体、どうしたらこうなるのか。わからない。どうしても。

「どうせなら、あのままもう少し撫でて、星空を見ていたかったなぁ……」

ぼやいて、そのまま目を閉じてみても何も変わらなかった。黒猫の毛もついたままである。

諦めて布団から出る。ひとまず黒猫の毛をゴミ箱に捨てて手を洗ってから、コップ一杯の水を飲む。時刻は午前六時五十八分。いつもより早く目が覚めてしまった。

今日は日曜日。何をどうするでもなく、いつもの日常を進める。インスタントココアを作って、トーストを焼いた。お気に入りのマーガリンを塗って一口かじる。いつもの味。

「いつもと同じだけど、おいしい……」

特にトーストが好きなわけではない。ただなんとなく、マーガリンやバターの風味が好きなのだ。つい何枚も食べたくなるが、太る可能性もあるから、注意しなければ。

〝痩せ〟にとらわれているわけではない。健康的な体型をキープしておきたいのだ。

トーストを食べ終えて、ココアを飲み干す。ほぅっと溜め息をついて、朝の至福のひとときを過ごす。今日は、のんびりと過ごそう。

読書をしたり、ジグソーパズルをしたり、いつもの日常を再生して、一日を終える。そして、お風呂と晩ごはんを軽く済ませて、また読書に勤しむ。

読書は、世界を旅するツールだ。一文字一文字に、その場所の空気が織り込まれている。

特に好みの作家はいないが、いろいろな作家がさまざまな世界へ旅立たせてくれる。

今日は、とあるツリーハウスで過ごす女性の話だ。目を閉じれば瞼の裏にその様子が、そして、彼女の言葉が頭に流れてくる。素敵なストーリーだった。

「今日の物語も良かった」

ふぅっと溜め息をつきながら、瞼の裏でストーリーを再生する。

本を満喫し、軽くストレッチを済ませたら、布団に潜る。

今日も布団はほどよく暖かい。あくびをひとつして、私は一日を終えたのだった。


あたしは、ジグソーパズルを眺めていた。

おじいさんは、杖を上着の内ポケットから取り出すと、ぶつぶつと呪文のようなものを唱えながら杖を振った。すると、ジグソーパズルが光りながらふわりと浮き上がった。そして、一度ばらばらになったかと思うと、そっと光を発したまま元の位置に戻った。

覗き込むと、ジグソーパズルは、星空模様になっていた。全体的に黒に近い群青色で、ピースによっては星が瞬いている。ピースとピースの繋ぎ目は、よく見ないとわからないほど緻密な作りだった。おじいさんが、〝空〟と呼ぶのもなんだかわかる。

そんなジグソーパズルをよく見ると、ところどころ抜けていた。おじいさんは、そのうちのひとつの部分に見つけたパズルのピースを、そっと置いた。ピースは、またぱぁぁと光ると、ぴったりとその場に収まった。戻ったピースは、隙間なく綺麗にはまっており、もはやどこに収まったのかわからないほどだった。

「お嬢さん、お茶はお好きかね？」

「大好き！」

〝お茶〟というワードに弱いあたしは、ジグソーパズルから視線を逸らし、大きく頷きながらソファに腰かけた。

あぁ、我が家にもソファがほしい。いや、それよりマッサージチェアが良い。切実に。

「ほっほ、元気なお嬢さんじゃの。ハーブティーで構わんかね？　エルダーフラワーなんじゃが……」

「空元気ですねん……」

関西人を真似てみた。無視された。

「あ！　それから、あたしエルダーフラワーなら蜂蜜入りが好き！」

「ほぉ。それなら、喉に優しいお茶になるのう」

蜂蜜入りのエルダーフラワーティーは、咳が出る時によくお世話になっている。

お茶を呼ばれながら、ジグソーパズルについて聞いてみる。

「おじいさんは、なぜジグソーパズルを〝空〟と呼ぶの？　空の模様だから？」

あたしの質問に、おじいさんは答えるか迷った様子を見せた。しかし、すぐに思い直したのか、何かを決心したような表情で、こう告げた。

「あれは、本当の空なんじゃよ」

「本当の空……？　え、どういうこと？」

頭で「？」が飛び回る。

「あれは、この世界の空の様子を決めるために必要なピースなのじゃよ」

空の様子を決めるとは一体どういうことなのか。

「あのパズルは、一通りの天気や、日中、真っ暗な夜などいくつもの〝空〟を映し出すのじゃ。ただ、ついこの間、どういうわけか一部のピースが飛び散ってしまってのう……。ワシは、そのピースを探しておったのじゃよ。そして、この仕事には、お嬢さん、あんたの力が必要じゃ。これは、お嬢さんの〝役目〟になるんじゃ」

「あたしの役目？」

お茶の入ったティーカップをテーブルに置く。カチャリと音がした。

「左様。ここは〝夢と現実のはざま〟での。一時的に役目を全うするために、この世界に呼ばれることがあるのじゃ」

そう言って、彼は一息ついた。

「ここに来る方法は、ここの黒猫、白猫、エドワード、ワシのうちの誰かに導いてもらうしかないのじゃ。誰でも来られるわけではない。来ることができるのは、ワシらと縁がある者のみなのじゃ」

そう言って、彼はズズッとお茶を飲んだ。

あたしはティーカップを持ち上げながら、追いつかない思考を必死に追いかけた。

考えつくことは、お茶の湯気のようにたちまち消えてしまった。

僕は、本に夢中になっていた。すると、

「おや？　お客様かな？」

と、扉が開く音と共に、声が聞こえてきた。

緊張して本を読む手に力が入る。声のした方へ恐る恐る顔を向けると、すらっとした長身の男が立っていた。年は四十～五十代だろうか。ダークブラウンのスーツに、ダークブラウンのソフトハット。男の僕も見惚れるような男だ。声も良い。羨ましい。何をどうしたらこんなふうになれるのだろう。

そんなことを考えながら見惚れている僕に、彼は更に話しかけてきた。

「おや、君は……。どうやってここまで来たのかね？」

「えっと……、猫について来たんです」

返事をしながら、本をまだ持っていることに気づく。

「あっ！　すみませんっ！　勝手に入って……。しかも、勝手に読んじゃって！　タイトルに惹かれてしまって……」

慌てて本を本棚に片づけた。

「構わない。でも、そうか……。チャーリーが見つけたのか……。それにしても、真っ先にその本に目をつけるとは……。ならば、きっと〝本を読む〟ということが、君の〝役目〟なのだろう」

そう言って、彼は微笑んだ。

「僕の役目……？」

「そう、君の役目だ。君をここに連れて来ることが、白猫の役目。そして、ここに来て本を読むことが君の役目だ」

そう言うと、彼はにっこりと笑みを浮かべた。

「僕の役目……」

「そうだ、君の役目だ。ところで君、コーヒーは好きかね？　良かったら一緒にどうだね？」

　僕の疑問を知ってか知らずか、彼はコーヒーを勧める。

「コーヒーより、ここはどこなんです？　僕がいたところは夕暮れだったのに、なぜここはこんなに明るいのですか？　僕はなぜここに来ることになったんですか？　〝僕の役目〟ってどういうことなんですか？」

　矢継ぎ早に質問する。そう、僕は混乱しているのだ。いろいろ意味がわからない。

「大丈夫。少なくともここは危険な場所ではない。一体ここがどこなのかも含めて、コーヒーをいただきながら話そう」

　そう言って、彼は僕をソファへ導くのだった。

Chapter・3 歯車と選択

目を開けると、そこはとある部屋だった。なんだか、さっきまで読んでいたストーリーで想像した場所に似ている。傍らには、また例の絵描きセットがある。そして、あの黒猫が寝ている。

右手と正面に天井の高さまである本棚があり、びっしりと本が詰まっている。左手と後ろにはそれぞれ窓がある。

後ろの窓からは森が、左手の窓からは海が見えた。穏やかな海だ。窓からの風景が、まるで絵画のように思える。ほんのり香る潮風も心地いい。

「私もこんなふうに切り取った世界を描きたい」

ルーティンのように、スケッチブックと鉛筆を手に取る。

穏やかな気持ちで、鉛筆をステップさせる。でも、なんだか違う。あぁでもない、こうでもないと、消しゴムで消す。描いては消して、消しては描いて。それでも、穏やかな気持ちで、手を止めずに消しゴムと鉛筆を踊らせる。とても心地いいリズムだ。

香りとリズムにつられたのか、黒猫が目を覚まして、消しゴムと鉛筆のウィンナワルツ(アップテンポなワルツのこと)を眺め出した。英語ではヴェニーズワルツと言うらしいが、私はウィンナワルツという言い方がなんとなく好きだ。

「君も描き終わったら、一緒に踊るかい？」

黒猫に冗談半分で、話しかけてみた。

「にゃー」

言葉が通じたのか、返事がきた。なんだか、微笑んでくれたような気がした。

今度は、水彩色鉛筆で色をつけていく。ワルツのリズムは乱れることなく、テンポ良く進んでいく。

筆が進むにつれ、ワルツのペースはだんだんとスローワルツへ変わっていき、華麗なラストを迎えた。

「できた……」

私は、黒猫へ視線を向ける。さて、終わりを迎えてすることと言えば、黒猫とのワルツだ。

「さて、黒猫ちゃん。一曲踊っていただけますか？」

手を差し出した。だがしかし、彼女（正確な性別はわからないが、ひとまず彼女と呼ぶことにする）は首を傾げたかと思うと、伸びをした。どうやら、通じていなかったらしい。

「初めて自分からダンスを誘ったのに……。まさか振られるとは……」

しかし、そこはやはり猫。我々人間が猫を妨げる権利はない。猫たちは自由に生きる生物なのだ。

踊ることを諦めて、本棚の背表紙群を眺めてみた。さまざまな国の本があるが、日本語もあった。そのひとつを取ってみた。『空想の世界～夢と現実のはざま物語～』というタイトルだった。空想という言葉に惹かれた。

九ページ目を開いてみる。どうやら、私のように夢がリアルな女性の話のようだ。少し読み進めると、なんだかデジャヴを感じた。

「結末まで読めば、この状況もわかるのでは？」

そう思い、続きを読もうとした矢先のことだった。

まばたきした瞬間、布団の中にいた。

時計を見る。午前二時。まだもう一眠りできる。しかし、どうしたものか、眠れない。

仕方なく、一杯の水を飲むことにした。

「あの本、最後まで読みたかったなぁ……」

しかし、夢なのだから覚めても仕方がない。夢は覚めるものだ。

完全に目が覚めてしまったので、本でも読むことにした。とある作家によって紡がれた、〝世界の終わり〟へ旅に出るのだ。

本には、不思議な引力がある。その引力には敵わない。そうして、世界を（時には宇宙までも）旅するのだ。

読み始めてから一時間くらいしただろうか。ポツポツという音が始まり、さーっと雨が降り始めた。心地いい音だ。

雨のせいか、気温が下がる感覚がした。ココアでも飲むことにしよう。

インスタントココアを作り、のんびり飲む。雨音をBGMに読書とは、なんとも贅沢である。

「良い音……」

ふぅっと息をついて、ココアを一口。そして、また読み進める。

気づけば一時間が経っていた。さすがに寝ないと、仕事に支障が出てしまう気もするが、目が冴えてしまって眠れない。

ココアをもう一杯作り、ストーリーを進め直す。ちょうど、佳境に入るところだ。ここから先に入ると、もう誰にも止められない。

どんどん読み進める。しかし、そこは長編。なかなかラストにはたどり着かない。長編はある種の長旅である。その長旅を終えるのは、まだ少し先になりそうだ。いつの間にかＢＧＭは鳴り止んでいた。ココアも飲み干していた。旅路も良い頃合いで、眠気を感じ始めた。

私は、栞を挟んで本棚へ戻すと、布団の中に潜り込んだ。ぬくもりに包まれながら、新たな旅路へ向かうのだった。

あたしは、とりあえずこれからどうするかを考えた。

「んー……。なんかよくわかんないけど、おじいさんと一緒にパズルのピースを集めれば良いの？」

「左様」

「わかったけど……、どうやって集めるの？」

「そこが難しいのじゃ」

なんということだ。ただでさえ仕事で疲れているのに。

「まずは、この杖で探したいピースのところに、目には見えないが円を描く。そして、呪文を唱える」

特に何も起きない。

「そして、今度は扉に向かって呪文を唱えるとな……」

そう言って、ぶつぶつ何やら呪文らしきものを呟いて扉を開いた。

「え！　草原じゃなくなった！」

「そうじゃ。この場所のあたりを探すこととなる」

「なるほど……」

おじいさんが魔法使いのように思えるが、それはさておき、この広い世界を探し回るのは至難の業(わざ)だと思っていた。場所を絞り込めるなら、まだ多少は楽だ。

しかし、やはり気になるのは、おじいさんの正体だ。そして、あの杖。あれは彼だけが使えるのだろうか？

「おじいさんは何者なの？　魔法使い？」

彼は、困ったように眉尻を下げた。

「まぁ、そのようなもんかの」

そう言って、答えを思案するようにパズル……、ではなく、〝空〟を眺めた。

そんな彼を見ているうちに、彼を手伝う決心がついた。いや、正確に言えば、手伝わなければならない気がした。あたしの中の何かが、そうさせるのだ。それが何かは、わからない。しかし、それに押されるように、口から言葉が出た。

「おじいさん、あたしにピース集めを手伝わせて。きっとそうしないといけない。そんな気がするの」

彼は、驚いた表情を浮かべつつも、まるで知っていたかのようにあたしを見た。

「お嬢さん、それは覚悟ができているということかね？　後戻りできなくなるのじゃぞ？　それでも良いのかの？」

彼は真剣な表情で、真っ直ぐあたしを見つめる。あたしは、彼を真っ直ぐ見つめ返す。

「たとえ元の生活に戻れなくても、ピースを集める。それがあたしの〝役目〟だから」

なぜか口から言葉が出てきた。本当は元の生活に戻りたいのに。……いや、戻りたいのか？　本当に？

職場と家の往復の日々。彼氏なし。友達はいないわけではないが、周りは結婚していて、少し疎遠になってしまっている。

だが、この一歩を踏み出すことにワクワクしている自分がいるのも事実だ。何を迷う必要がある？　いや、収入が不安だ。

しかし、もう口から出てしまったのだから取り消せるわけもなく……。

「ほっほ。それがお嬢さんの答えじゃな？　良かろう。それでは、まずはお嬢さんの名前を教えてくれんかね？」

彼は、ほわっと笑みを浮かべた。

「床寄空、それがあたしの名前よ！」

そう言って、満面の笑みを彼に向けた。

もう後には戻れない。どうなるかは、神のみぞ知るのだろう。

テーブルの上では、ところどころ埋まっていない〝空〟が瞬いている。まだまだこれからだ。

あたしの新たな運命の扉は、開いたばかりだ。

コーヒーの良い香りが漂う。

「さて、まずどこから話そうか……」

「僕の名前は、狭間望と言います。あなたの名前も教えてもらえますか？」

「私は、瀬戸エドワードだ。私のことは、エドワードと呼んでくれ」

そう言って、彼は微笑んだ。

名前から、どうやら二ヶ国以上のルーツを持つらしいことはわかった。しかし、それよりも解決したいことがある。

「えっと……。エドワードさん？」

「なんだね？　望。なんでも聞いてくれたまえ。それから、さんづけは不要だ」

なんだか、昔読んだシャーロック・ホームズの主人公、ホームズの話し方に似ているのは気のせいだろうか？　話し方が独特だ。

「あの、まずここはどこなんですか？」

「ここは〝夢と現実のはざま〟というところだ。君は、あの白猫のチャーリーに導かれてここにいる。ここは、その日飾られた〝空〟というものによって決まる。それは、僕らには扱えない。ロジャーというおじいさんしかわからないし扱えない。あの中央のパズルが、その〝空〟と呼ばれるものだ。だから、決して触ってはいけないよ」

そう言って、彼は僕が先ほど見ていたジグソーパズルを見つめた。

「わかりました。しかし、僕はなぜここに導かれたのでしょうか？　理由がわかりません」

そう彼に問いかける。

「そうだな……。そこは、君の読書への貪欲さをチャーリーが見抜いたのだろう」

そう言うと、エドワードは少し困った顔をした。なんとなく、彼は何かを隠している気がした。

僕は、今まで人の目を気にして生きてきた。両親の記憶はほとんどない。気づくと、僕は施設にいた。唯一ある思い出が両親からの虐待だとわかったのは、中学生に上がる頃だった。

施設でもいじめを受けていたこともあり、今では相手の表情ひとつで何を考えているのかわかるようになった。

間違いない。エドワードは何かを隠している。僕の脳内で、サイレンが鳴っている。今は、彼を信用してはいけないと。

「では、僕の役目が〝本を読むこと〟なのはなぜなのですか？」

「それは、君が真っ先に本を手に取ったからだ。ここの本は、誰もが夢中になって読めるわけではない」

彼は、そこでコーヒーを一口含んだ。

「誰もが長所と短所を持っている。長所を伸ばす方が効率的で、人生も生きやすくなるだろう？」

そう言って、真っ直ぐ僕を見た。確かに、長所を伸ばして活かす方が、きっと効率は良いのだろう。しかし、長所だけでは生きていけないのが現実だ。

僕は、お互いのコーヒーカップを見つめた。二人のコーヒーカップは、すでに空になっていた。

「おかわりでもどうだね？」

「いただきます」

なんとなく、お互い微笑み合った。

まだまだ謎は残るけれど、少し一歩を踏み出したような気がした。とりあえずは、コーヒーの香りに酔いしれることにしよう。

どれぐらいの時間が経ったのだろうか。エドワードが立ち上がった。

「私は、今から少し出かけないといけない。君は、ここで本を読んでいたまえ。なぁに、ちょっとした買い物だ。誰かが来ても、気にしなくて良い」

「わかりました」

彼は微笑むと、颯爽とジャケットを肩にかけ、扉を開けて出て行った。

僕は、先ほど読みかけていた本の続きを読み始めた。物語に出てくる彼女が最初に描いたのは、とある湖のほとりだった。彼女が描き切るまでの葛藤がよく伝わってくるのか、映像のように脳内で彼女が動く。彼女の声までもが、脳内で再生される。優しい声だ。

そんなふうに読書にのめり込んでいる時だった。突然扉が開いて、人が入って来た。

気にしなくて良いと言われていたが、チラリと視線だけを向けた。おじいさんだった。

彼は、パズルを眺めていた。容姿は、小さなサンタクロースと木こりを足して二で割ったといった感じだ。彼が、ロジャーという人物だろうか？

彼は、中央のジグソーパズルに近づいた。ガラスの蓋を開け、服の内ポケットらしきところから杖を取り出した。そして、杖を振りながら何やら呟く。

すると、ジグソーパズルがぱぁっと光り輝き、宙に浮いた。そして、一度バラバラになったかと思うと、光がすうっと消えると共に、またゆっくりと元の位置に戻っていった。

今目の前で起きた光景に、本を読む手を止めて見入ってしまった。しかし、彼は僕が見えているのかいないのか、こちらを見ることもなく出て行った。彼は一体何者なのか？

「今のは一体……」

今何をしたのか？　頭が混乱していた。

慌ててジグソーパズルを覗き込みに行く。明るい太陽があったはずのジグソーパズルには、満月の浮かんだ星空が広がっていた。

しかし、よく見るとやはり一部ピースが欠けている。

――ここは、その日飾られた〝空〟というものによって決まる――

エドワードの言葉を思い出し、慌てて外に出る。明るかったはずの空には、満月とぽつぽつと浮かんだ星空が、ジグソーパズルと同じように広がっていた。

見渡していると、やはりところどころピースの形に真っ黒な部分があった。

「これが、〝空〟……」

僕は、目の前の現実に呆然としながら、空を見上げていた。

Chapter・4 酔いしれる

気づけば、私は花畑にいた。あたり一面に広がる色とりどりの花の絨毯。

「綺麗……」

思わず声が漏れる。

周囲は、草花の香りで溢れていた。遠くには風車小屋がある。まるでオランダのような……、いや、いつか写真で見たオランダの景色そのものだ。少し異なるかもしれない点は、花がチューリップだけではないことだ。すみれやガーベラ、パンジーなど、さまざまな花が入り乱れるかのように咲いている。とてもカラフルだ。

風景と香りに心が踊る。いつの間にかそばにいた黒猫も、さすがに心が踊るのか、花をくんくん嗅いでみたり、ちょいちょいとつついていた。

手元には、いつものセット。さっそく、絵描きに取りかかる。

時には激しく、時にはゆったりとスケッチブックの上を筆が舞う。筆が舞うことで、水彩画のような柔らかさと鮮やかさとが綺麗に重なる。時には色が混ざり合い、思わぬ色になってしまったりもするが、それも別の花が咲いたかのようだ。

徐々に景色が描き出されていく。空は透き通るような水色だ。雲も綿菓子のように真っ白だ。その背景が、より絨毯の鮮やかさを際立たせてくれる。華麗な舞は、花火のように花開いて終演を迎えた。

ごろんっと花畑に転がり、深呼吸をする。良い香りとおいしい空気に、なんだか血が綺麗になる気がした。彼女が珍しく私のそばへ寄り、ペロリと手を舐めた。

「どうしたの？」

なるべく優しく声をかける。

「なぉん」

なんとも切ない声を出す。

私は彼女の頭を撫でながら、話しかける。

「大丈夫だよ」

「にゃー」

意味がわかったのか、元気よく鳴いて、頭を擦り寄せてきた。なんとも可愛い黒猫ちゃんではないか。

和みながら、寝転んでいると眠たくなってきた。

「あぁ……、戻る時がきてしまったのか……」

なんとなく、そんな気がした。

最後の香りを楽しみつつ、彼女を撫でながら目を閉じる。目を開けると、そこはいつもの自分の部屋だった。


午前七時。新しい一週間が始まる。朝一番にラジオをつけた。いつも聴いているＦＭ76・0を流しながら、お手洗いと洗顔からスキンケアまでを済ます。コップ一杯の水を飲んだら、着替えをした。

メイクを済ませる間に、オーブントースターでトーストを作る。

男性ＤＪのハスキーボイスと軽快で爽やかなテンポに酔いしれながら、お湯を沸かす。ある程度の準備を済ませたらトーストにマーガリンを塗り、いつものようにインスタントココアを作って飲んだ。

「はぁー、今日も良い声」

この声と人気の曲を毎朝聴くことが、私の朝活だ。朝食を済ませて、歯を磨いた。

順番が違う時もあるけれど、このルーティンには、ラジオとコップ一杯の水が欠かせない。水とＤＪの声が、いい目覚ましになるのだ。今聴いているＤＪの選曲は、いつも心地がいい。

それにしても、今日は珍しい選曲とリクエストが多いな。しかしこれもまた、ラジオの醍醐味だ。

「いけない！　そろそろ出ないと！」

時計は八時になろうとしていた。慌てて家を飛び出し、階段を駆け下りる。バス停までは、玄関から一分。

「おはようございます！」

同じマンションのおじいさんに挨拶をして、バス停へ急ぐ。最近返事がないが、ご近所付き合いとしてするようにしている。

バスがバス停に入ろうとしていた。猛ダッシュする。間に合うかどうかの瀬戸際だ。バスがバス停に着く。列が動き始めた。最後の一人が乗ろうとしたタイミングで列に滑り込んだ。息を切らしながら、バスへ乗る。なんとか間に合った。ホッとして胸を撫で下ろす。

好きなアーティストを聴きながらバスに揺られるこの時間は、いつも複雑な気分だ。駅で降りて職場に着いたら、いつものルーティンをこなす。夢とは違い退屈で面倒だ。しかし、これがないとお金は入らない。わかってはいるが、この時間だけはいつも嫌に長い。

嫌なものは嫌だ。どうして嫌な時間はこんなにも長く、好きな時間はこんなにも短いのか。

最近、職場の人全員に無視をされている。皆、私がまるでそこに存在していないかのように振る舞う。上司に書類を渡そうと話しかけても、返事すらしてもらえない。仕方がないので、いつも書類の山の上にそっと置いている。自分にどこか非があるのかと考えたが、思い当たる節はない。とても苦しい。転職も考えたが、自分のスキルでは、今より給料が下がるのは明白だった。

悲鳴を上げながらも、なんとか仕事を終えて家路を急いだ。お楽しみの時間は短いのだ。メイクを落とし、シャワーを浴びてお風呂に浸かる。身体を温めて、最近始めたストレッチを済ませる。

食事を終えると、ようやくお楽しみの時間だ。

「今日は、どんな展開を見せてくれるのかしら？」

なんてちょっぴり上品に呟いて、読書を楽しむ。今晩のお供はホットココアとクラシック音楽だ。音楽アプリで勝手に流れるクラシックを聞き流しながら、読書を楽しむ。窓から入る風も心地がいい。ココアを味わいながら、音楽と読書という旅を満喫した。

夜も更けてきたので、キリのいいところで旅から戻ることにする。寝る準備を済ませたら、あとは眠るのみ。

今晩はどこで描（えが）くのだろう。暖かいところだろうか？　涼しいところだろうか？　明るいところだろうか？　それとも、暗いところだろうか？　もうひとつの旅路を楽しみに眠りについたのだった。


お茶を飲み干し一段落したら、急激な睡魔が襲ってきた。仕事終わりにピースを探し、そのままあの距離を歩いてきたのだ。無理もない。

そんな様子に気づいたのだろうか、彼が言葉をかけてきた。

「眠いのであれば、奥の扉を開けて自分の部屋で眠りなされ」

〝自分の部屋〟？　ここに来ることをわかっていたのだろうか……？

「良いの？」

「良いも何も、おぬしが集めると決めたその時から、ここはおぬしの居場所であり家なのじゃ」

「あたしの家……」

意味はよく飲み込めてなかった。しかし、三大欲求である眠気に刃向かう余力は、もう残っていなかった。

用意された奥の部屋の扉を開ける。すると、見慣れた光景が広がっていた。そう、ここから結構な距離があるはずの自分の部屋だ。驚いて一瞬目が覚めた。しかし、またすぐに睡魔が誘い出す。

「だめだ、もう限界……」

諦めて布団に潜り込んだ。使い心地はそのまま我が家だった。睡魔があたしを引きずり込む。

その日、久しぶりに夢を見た。とある女性が、黒猫の傍らで絵を描いていた。一心不乱に、それでいて楽しそうに描いていた。なんだか水彩色鉛筆（と彼女が言っていた）と絵筆が踊っているように見えた。

あたしは、昔から身体を動かす方が好きだ。どちらかというと、じっとしておくのは得意な方ではない。しかし、なぜか彼女の手の動きからは、目が離せなかった。

完成した絵は、静かに水を湛えた湖と木々。色鮮やかで、それでいて、静けさがひしひしと伝わってくる絵だった。

「綺麗……」

思わずそう呟く。どうしても、目が離せない。あまりにも綺麗だから。〝湖と女性と猫〟そんなタイトルの似合う様子に見惚れた。

描き終えた彼女に猫が擦り寄った。とても可愛い。


夢はそこで終わりを迎えた。とても素敵な夢だった。

夢に出てきた女性はとても美しく可憐な女性だった。まさに〝絵になる〟という言葉がぴったりの夢だった。

あたしは、なんだか幸先が良い気分で目を覚ましたのだった。

今は何時だろうか？　目を覚ました部屋の窓は明るい。ベッドから降りて、右手側にある窓を開けてみた。いつもと同じ、いつもの景色だった。あれは、夢だったのだろうか？

ワンルームなので、扉は玄関だけ。窓の向かいの玄関を開けてみた。そこは、いつも仕事に行く時のいつもの光景だった。

「んんん？」

とりあえず扉を閉める。今度は、そーっと覗きながら開ける。景色は変わらない。

「頭がおかしくなったのだろうか？」

肩や腕を見る。

「うん、擦った痕がある」

ということは、夢ではない。ならば、なぜあたしは自宅にいるのだ？

「おじいさんが運んだ？　いや、でも、あの距離にあの洞窟の幅だと、どう考えても無理だわ」

昨日の様子を思い出してみることにした。おじいさんの家に行った。それから、寝室を案内された。そして、その寝室に入って寝た。

「おじいさんの家から出た記憶ないな……。夢遊病者でもないし……」

ふと、時計が視界に入ってきた。時刻は午前七時半。二度見した。だが、変わらず針は七時半を指している。

「いけない！　仕事の準備をしなきゃ！」

うっかりしていた。慌てて着替えと洗顔、メイクを済ませる。シリアルに牛乳をかけて、口にかき入れる。毎朝の楽しみである『今日のにゃんこ』というテレビ番組のコーナーを見る余裕はなかった。

急いで準備を済ませると、玄関の鍵を閉め、階段を駆け下りて、自転車に飛び乗った。少し飛ばして漕げば、なんとかいつもの時間の電車に乗れそうだ。

「『今日のにゃんこ』を見逃すなんて……。なんて最悪なスタートなの……」

そうぼやきながら、自転車を急いで漕ぐ。駐輪場へ停めて、改札へ走る。腕時計を見た。予定の時刻通りに乗れそうだ。階段を上り、電車を待つ。

電車が到着し、扉が開く。職場の最寄り駅までの間に、その日のニュースをざっと見て、マーケット状況を調べる。そこから先は、ある種のルーティンの始まりだ。電話対応や窓口応対に追われる。一日が終わる頃には、くたくたになっていた。

「はぁーっ！　疲れたっ！」

電車に揺られながら、SNSを見る。BGMは、好きなアーティストだ。世界中で活躍するお気に入りのギタリストの熱いビートに酔いしれる。彼は、いつも海の向こうの世界を見せてくれる。そして、たくさんの異なる世界を覗かせてくれる。

いつもの駅で降りて、コンビニで軽く買い物を済ませ、自転車に乗る。よくよく見ると、夜空には星ではなく雲が広がっていた。

「降る前に帰ろう」

そう言って、自転車を心持ち急ぎめで漕ぐ。自転車を停めてマンションに入る。階段を上って玄関前に着いたところで、雨が降り出した。運が良い。

ラッキーだと思いながら玄関を開けて、あたしは目を見開いた。

「おや、おかえり」

扉を閉めた。朝と同じように、そーっと覗きながら玄関の扉を開けた。

「閉めるとはひどいのう……。まぁ、仕方がないかの」

と、笑いながら話しかけてきた。あの昨日のおじいさんが、目の前に立っていた。

不思議な光景を目の前に、僕は相変わらず言葉を失っていた。

よくはわからないが、一瞬で空の様子が変わったのは間違いない。今は、ところどころ真っ黒ではあるものの、満天の星空と月が暗闇に浮かんでいる。久々に見た満天の星空に圧倒された。

「にゃあ」

白猫……いや、チャーリーだな。彼の声で、我に返った。そうだ、僕には〝役目〟がある。

部屋に戻ろうとした。すると、するりとチャーリーが先を行き振り返る。

「にゃおん」

僕を急かしているつもりだろうか？　そうだとしたら、可愛らしい急かし方ではないか。うっかり微笑みながら、部屋へ入った。ソファに置いていた本を取り、続きを読みにかかる。

チャーリーは、僕の目の前でちょこんと座った。

彼女は、砂漠にいた。黒猫と共に。砂漠の景色を描いていく彼女。とても楽しそうに、それでいて、どこか寂しそうな様子が文脈から漂ってくる。彼女はなぜ寂しそうなのだろうか。会ったこともないのに、彼女の様子が頭に浮かぶ。彼女は懸命に鉛筆を走らせている。

顔はわからない。後ろ姿だけだ。それなのに、どうしてこんなにも鮮明に仕草が頭に浮かぶのか。わからないが、彼女に惹かれている自分がいた。

長い彼女の黒髪が風でなびく。描き終わった後の彼女の後ろ姿は、とても美しかった。

キリのいいところで、突然現実に引き戻された。

「なぉん」

チャーリーが、僕を見上げていた。髭が下がっているからか、心配してくれている気がした。違和感を覚えて頬に触れると、一筋の涙の跡がついていた。

「大丈夫だよ。そういえば、君の名前はチャーリーと言うのかい？」

「にゃ！」

なんだか誇らしげな返事がきた。白くてふわふわしている。チャーリーは、しっぽを振った。

突然、さっきまで思い浮かんでいた彼女たちが、フラッシュバックした。彼女が、脳内で激しく鉛筆を踊らせる。彼女の心が、文章を通して響いている。頭が熱い。もっと絵を描きたいという彼女の気持ちが脳内で暴れている。あまりの暴れ具合に、こっちの気が狂いそうだ……っ！

〝ブツンッ！〟

何かが切れる音がした。目の前が真っ暗になると共に、僕は意識を手放す。その一瞬、脳内の彼女が振り返ろうとした。そして、チャーリーが、驚いた様子で駆け寄ろうとしていたのが視界に入った。

気づくと、僕はソファで寝ていた。いや、〝気を失っていた〟の方が正しいのかもしれない。

「大丈夫かね？」

エドワードが、心配そうに覗き込んでいた。

「はい、ありがとうございます」

僕は、上体を起こした。

「何があったのかね？」

どうやら、こんな状況はエドワードも初めての経験らしい。

「本を……、読んでいたんです……」

何が起きたのか。視界を失う直前の様子を思い出す。

彼女が絵を描いていた。そして、傍らには黒猫。筆はどんどん進むのに、なぜかどこか寂しげで。そうこうしていたら、彼女の絵への情熱が僕の感覚と絡み合って……。

気づいた時には、エドワードの顔が目の前にあった。

「本を読んでいたら、登場人物の女性の感情が頭に流れ込んできたみたいな感覚になったんです。彼女の情熱が、頭の中で暴れ出して……。気づいたら、こんな状態になっていました」

頭がまだ熱い感覚がする。しかし、痛みは全くない。

エドワードは、一生懸命僕の言葉を噛み砕いているのか、複雑な表情を浮かべた。

チャーリーも心配しているのか、エドワードの横にちょこんと座っている。

「ふむ、なるほど……。いや、すまない。君のようなケースは、初めてでね」

「いえ、こちらこそご心配をおかけしました。たぶん、もう大丈夫です」

そう言うと、ほんの少し安心した表情を彼らは浮かべた。

「そうか。では、コーヒーでも淹れよう。望、コーヒーは飲めそうかね？」

「大丈夫です」

「それは良かった」

そう言って、彼は僕から目を離した。しかし、チャーリーはまだ心配なのか、ソファに飛び乗り、僕に擦り寄る。

〝ちりんっ〟と鈴の音がした。よく見ると、濃いブルーの首輪に銀の鈴がついている。気を失うまでは、そんなものをつけていなかった。

「なおん」

〝ちりんっ〟と、また鳴った。

「綺麗な首輪だね。誰かにつけてもらったの？」

チャーリーを撫でながら、聞いてみた。

「あぁ、それは、私がチャーリーにつけてあげたのだ」

「エドワードが？」

「そうだ。チャーリーと、黒猫のルーンにそれぞれ首輪を用意したんだ。ルーンは、この家にいるもう一匹の猫だ。彼らもオシャレをしたいだろうと思ってね」

「にゃあ」

ウィンクしながらそう話すエドワードに、チャーリーが嬉しそうに返事をした。白い毛並みによく映える、海のような青さの首輪だ。

「なるほど。良かったね、チャーリー」

「にゃあ」

背筋をピンっと伸ばして、なんだか自慢げだ。

しばらくチャーリーを撫でて戯れていると、エドワードがコーヒーを運んできた。とても良い匂いだ。

エドワードのコーヒーは、香りが強く、とてもおいしい。どうすれば、こんな良い香りがするのだろうか？

「エドワード。どうしたら、エドワードみたいな良い香りの強いコーヒーにできるんですか？　家のインスタントコーヒーだと、ここまでの香りにならないですよ？」

「それは、サイフォンで淹れているからだろう。インスタントは手軽でおいしいが、香りも私は楽しみたくてね。今では、アルコールランプで温めながらじっくりコーヒーができる音と過程を見聞きするのも、ひとつの楽しみになっている」

と、楽しげに話してくれた。サイフォンというのはよくわからないが、僕もそれで淹れてみたいと思った。

Chapter・5
動く

気づけば、私はある図書館にいた。一度ネットで見ただけだが、忘れもしない。あの世界一美しい図書館のひとつとされる、プラハの国立図書館だ。壁一面に本があり、天井には見事な宗教画が描かれている。

そして、傍らには黒猫。いつものセットもある。

「今日もいるんだね！　黒猫ちゃん！」

「にゃあ」

なんだか嬉しそうに返事をして、頭を擦り寄せてくれた。ただ、ここは猫がいても大丈夫なのだろうか？　よくわからないけれど、プラハだから大丈夫だろうと言い聞かせる。

「さて、今日も描こうか！　あぁぁぁぁ……、でも、ここの中を見学したい……っ！」

本だけでなく〝図書館〟という空間も好きな私は、見学したいという抗い難い欲に駆られる。

「ちょっとだけ……」

「なぉん」

立とうとしたら、前足で止めてきた。やはり、私の言葉がわかるのではないかと思う。

「どうしてもダメ？」

「にゃおん」

髭を下げた彼女は、くりくりした目で訴えてくる。綺麗なオッドアイだ。

「こんな可愛い子に、そんな顔されちゃあ、行けないわ……」

無念である。

せめてもの思いで、スケッチブックと水彩色鉛筆を取る。見学できないというモヤモヤした感情が出ているのか、筆が進まない。いつも以上に、描いては消す。それにしても、時というものが進んでいないのだろうか？　人の気配が欠片もしない。

人に見つかったらどうなるのだろうと思いながら、また筆を進め始めた時だった。

〝コツン……カツン……カツン……コツン……〟

少し離れたところからだろうか。人の足音が聞こえてきた。音は、間違いなくこちらへ向かっている。

「黒猫ちゃん！　どうしよう⁉　人が来る！」

慌ててスケッチブックを閉じて、水彩色鉛筆を片づける。なんとなく、見つかってはいけない気がした。

〝カツン……コツン……カツン……コツン……〟

音はどんどん近づいてくる。

「黒猫ちゃん！　とりあえず隠れよう！」

セットを持って、立とうとした。

「にゃおん」

また前足で制された。

「なんで⁉」

わけがわからないまま固まる。足音が近づき、人影が見えた。どうやら、ここの職員のようだ。しかし、完全に向こうからも見えている状況なのに、こちらには見向きもせず、目の前を通り過ぎて行く。

人影は、そのまま私たちから、ゆっくりと遠ざかって行った。

「どう……なっているの……？」

「にゃ」

彼女は、自信たっぷりのような表情をした。なんだかよくわからないが、私たちは誰にも見えていないらしい……。

気が抜けたせいなのか、はたまた安心したからか、急に筆の進みが早くなった。筆がどんどん進んでいく。まるで競歩のようだ。

その次は、水彩筆の出番だ。短距離走をしたかと思えば、水を求めて反復横跳びのような動きをする。ある種のサーキットだ。どんどん足を早めていく。

彼女が筆を眺める中、茶色の箇所を塗り終える。思っていた以上のハイペースでゴールした。

筆を片づけて、周りを見回す。

「見学したいなぁ……」

「なぉん」

どうやら、ダメらしい……。自分の描いた絵を見つめてから、図書館を見渡す。やはり美しい。

少しでも目に刻んでおこうと思いながらも、睡魔は容赦がない。あっという間に、視界はまどろんでしまうのだった。

目を開けるとそこはいつもの部屋。まだ日は昇っていないようだ。煙のように漂うひんやりとした空気が、身体にまとわりつく。

もそもそと布団の中で動きながら、どうするかと思案する。

時計は午前三時を示している。手洗いに行くか、このまま寝るか、それとも水を飲むか。

喉は渇いている。そして、ほんの少しの尿意もある。

「この場合は、トイレ↓水↓寝る、だよね」

そう決めたら、起きるしかない。体をゆっくり動かしつつも、布団をぺいっとひっぺがす。手洗いを済ませて、コップに水を入れる。寝ぼけた身体を覚醒させないよう、ゆっくり飲み干す。

その時だった。

〝チリンッ〟

どこからか鈴の音がした。

「⁉」

どこからだろう？　音は家の中で、それでいてどこか別の空間から聞こえたような気がした。念のため周囲を見回すも、近くに鳴り物はない。目には見えないが、何かがいるのは確かなはずだ。

突然の出来事に、身体が覚醒する。

「誰かいるの……?」

返事はない。嫌な汗が出る。全身の毛にセンサーでもついたような感覚がする。

「ねぇ、誰かいるんでしょ?」

見えない相手に言葉を投げる。

「にゃぁ……」

どこからか、猫の鳴き声がした。さっきの鈴と同じように、どこか別の空間から聞こえた気がした。

わからないが、猫でもいるのだろうか。いや、そんなはずはない。入れる隙間はない。窓には網戸。窓も心持ち程度にしか開けていない。器用な猫なら別だが、入れるような隙間はない。

万が一のために、部屋の中を調べる。しかし、猫どころか虫一匹いない。

「最近、不思議な夢を見過ぎたからかな……」

黒猫が出てくる夢を見たから、何かがそう聞こえただけ。もしくは、外に猫がいたのかもしれない。そう思い込むことにした。そうでもしないと、安心して眠れなかった。

窓を閉めて、鍵をかける。すっぽりと頭から布団を被る。真っ暗闇である。私の恐怖心を煽っているようでもあり、恐怖心そのもののようでもあった。

意識をしないために、ひたすら目を閉じる。自分の鼓動しか聞こえない。

どれくらい経ったのか。気づいた時には、再び夢への旅路を進んでいたのであった。


これは夢ではないかと、頬をつねる。痛い。現実だ。

「驚くのも無理はないが……。言ったじゃろう？　〝ここはおぬしの居場所であり家なのじゃ〟と」

「確かに、そうは言っていたけど……」

思考が追いつかない。おじいさんの言葉と自分の思考が噛み合わない。ここですんなり噛み合う人がいたら、どんなふうに考えればいいのかご教示願いたい。

相手が知っている人物とは言え、不法侵入されているわけだ。驚かない方が、無理がある。

「さて、おぬしも帰ってきたことじゃし、さっそく〝空〟を集める支度をしなされ」

「えっ！　もう？」

「もちろんじゃ！　〝空〟を早く集めねば、その分散らばった箇所の空が見られないからの」

　そう言うと、さっさと玄関に向かう。

「ちょっと待って！　せめて着替えだけさせて！　さすがにスーツは汚せない！」

　そう言った直後、「ぐぅぅぅ」と、盛大にお腹が鳴った。午後七時半。そりゃお腹も鳴る。

お腹の音を聞きつけた彼は、思い出したように告げる。

「その様子じゃ、腹ごしらえもせねばならんのう……」

　告げた彼の顔は、ニヤリと口角が上がっていた。初めて、このおじいさんを意地悪だと思った。

　ひとまず、風呂場でTシャツとジーンズに着替えて、腹ごしらえの準備をする。パスタを茹で、インスタントのソースを別で沸騰させたお湯で温める。文明の発達は素晴らしい。

「おじいさんも食べるでしょ？」

「せっかくじゃから、いただこうかの」

　皿とコップとフォークを並べて、茹でたパスタを皿に盛る。温めたソースをかけて、カルボナーラの完成だ。

「『いただきます』」

　お互い、食べる時は話さないタチなのか、黙々とフォークを進める。さっさと食べ終えると、先に口火を切ったのは彼だった。

「さて、やり残しはないかね？」

まるで、成仏しにいくかのようにも聞こえる。気のせいだと言い聞かせた。

「ないよ！　さ、行こ！」

彼が玄関の扉を開けた。そこには、昨日見たあの部屋が広がっていた。壁一面の本棚と中央のガラスケース。そして、ケースの中には、一部分が欠けた〝空〟。

〝空〟を前に、彼は杖を取り出す。今日探すピースを円で囲みながら、ボソボソと呪文を唱えた。

そして扉を開ける前に、彼は杖をドアノブに向けた。またボソボソと呪文を唱えて、扉を開ける。

「あれ？　ここ夢で見た……」

そこには、夢で見た湖のほとりが広がっていた。

似たような絵や写真は見たことがあるかもしれないが、行ったことはない。しかし、夢で見た風景と全く同じであった。デジャヴではない。寸分違わない草木や湖の配置。そして、草の茂り具合だ。

「ほぉ……。おぬし、〝夢で見る〟タイプなのじゃな」

おじいさんが、ニヤリと笑う。「あたしが予知夢を？　そんな馬鹿な」と思いながらも、状況的に信じざるをえなかった。

目の前に広がる湖は、キラキラしていた。

日差しが暖かい。思わずのんびりしたくなる。今更明るさに驚くことはないが、静かに佇む湖の美しさに驚かされた。

「さて、探すかの……」

彼はさっそく、ガサガサと漁り始めた。しかし、この広さの中から探し出すのは難しい。いくら探したところで、運が良くなければ、すぐには出てこないだろう。闇雲に探すのは時間の無駄のような気がした。

「おじいさん、場所の絞り込みはできないの？」

「このあたりには間違いないんじゃがなぁ……」

彼が探している場所は湖のほとりだった。

確かに、湖が画面には出ていた。しかし、何かが違う気もする。そこを探しても出てはこない……。そんな確信があった。なぜそう思うのかはわからないけれど。

「おじいさん、そこにはない気がするの。よくわかんないけど、そこじゃない気がする」

「ほう？　ここではないと？　おぬし、何か勘づいたのか？」

「それがわからないの。ただ、そこではない気がする。あたしにも、なんでなのかわからないけど……」

頭が混乱し始めた。なぜそこではないと言い切れる？　他の場所だという根拠は？　自分自身が一番混乱していた。ただ、そこじゃないという感覚だけあるのだ。

闇雲に探すのは無謀だという思考と、そこではないという感覚が交錯する。思考にとらわれているだけではないかとすら感じる。

考えろ。あたしが見た夢は、どんな様子だったのか。感覚を研ぎ澄ませるのだ。

夢で見たのは、確かに湖のほとりだった。そして、女性が黒猫といた。女性は、木の根元に座って絵を描いていた。黒猫は、傍らで鉛筆を追う。そんな中で、何かが一瞬光った気がした。

「ひょっとして……」

あたしは、彼女が座っていた場所を探し始めた。出てこない。しかし、間違いなくそこにある。そんな確信があった。彼女たちがいたところを、くまなく探す。

〝チカッ〟

何かが、太陽の光を反射した。光の方を見る。角度によっては、日差しに当たって点滅しているようにも見える。

視界から消さないよう、点滅する光から目を逸らさずに近づいた。生えている草をかき分けると、そこには〝ピース〟があった。

「おじいさん！　これ！」

「おぉ！　見つけたか！　よくやった！」

彼はそう言って、顔を綻ばせた。日差しを反射して、ピースは輝いていた。

「やれやれ、ピース探しは骨が折れるわい」

彼はそう言うと、ニコニコしながら扉を開けて中へ入った。あたしもつられてニコニコしながら、〝家〟へ戻ったのだった。


ひとときの休息を経ると、また続きを読みたい欲求に駆られた。

「僕、またあの続きが読みたいです」

「本当に、もう大丈夫なのかね？」

エドワードが心配そうにこちらを見た。チャーリーも心配そうだ。

「もう大丈夫です。頭が熱いのも、すぐに治りました。それに、僕は今とてつもなく本を読みたくてたまらないんです」

一人と一匹に笑顔を向ける。僕の笑顔は決して綺麗なものではないけれど、気持ちは読み取ってもらえたみたいだ。

「そうか……。君が大丈夫と言うなら、きっと大丈夫だろう。さぁ、好きなだけ読むと良い。ここは、君が好きなだけ読めるようにできている」

そう言って、エドワードは微笑んだ。

「ありがとうございます」

チャーリーは、まだ少し心配なのか、僕のそばにそっと座った。

僕は、そばに置いてあった本を手に取り、続きを読み始めた。


彼女は目を覚ますと、どうやら現実の世界へ戻ったようだった。

いつもの日常をこなす彼女は、どこかくたびれているようにも、現実と夢とのギャップに疲弊しているようにも見えた。全員に無視される辛さはよくわかる。

施設にいた時と、就職してからの自分を思い出す。とても辛い日々だった。

当然と言えば当然だが、彼女は夢の中の方が幸せそうだった。

そんな彼女の様子に、僕は胸が痛んだ。彼女が夢の世界のように、絵描きとして暮らせれば良いのに……。

しかし、現実が容赦ないこともよくわかっている。自分の現実も、決して良いものとは言えなかった。

今度は、親からの暴力を思い出して、苦しくなった。もう過去だと言い聞かせても、そんな簡単にほぐれるような糸ではない。

そんな僕の心を保たせてくれたのが本だった。友人もできず、本くらいしか頼れなかった。本だけが、僕の心を助けてくれた。最近は、音楽にも助けられることが少しだけ増えたけれど。

だからこそ、読書への欲が強いのだ。今でも、ストレス解消は、読書での旅だ。読書ほど、コストパフォーマンスの良い旅行はない気がする。

そんなことが頭をよぎる中で、彼女を想像した。

「彼女は、どんなふうに生まれて育ってきたのだろう……」

彼女に対する想像が膨らむ。想像は、一度始まるとなかなか止まらない。もはや、想像よりは妄想に近いのかもしれない。

彼女に想いを馳せる。きっと、彼女に惹かれている。現実と夢の中で揺れる彼女の心情に。そして、垣間見える彼女の人柄にも。

「もし、彼女が現実にいたら会いたいな……」

「誰に会いたいのかね？」

突然エドワードに話しかけられて、僕は現実に引き戻された。

「あ……、いや……」

うっかり呟いてしまったことに、今更ながら恥ずかしくなった。

「さては、登場人物に惹かれているのかね？」

「あ……、う……、そう……、です」

恥ずかしくて、顔から火が出そうだ。しかし、彼は当然のように告げた。

「何を恥ずかしがる必要があるのだ？〝登場人物に惹かれる〟、それは、作者の才能と君の才能ではないか！　それほどまでにストーリーに入り込むのは、意外とできないものなのだぞ。自信を持ちたまえ！」

そう言って、彼はにっこり笑った。

「にゃあん」

チャーリーは、まるで自分の目に狂いはなかったとでも言うように、エドワードを見ながら鳴いた。

「そうだな。チャーリー、君は良い人材を確保したな！」

どうやら、エドワードとチャーリーは会話ができるらしい。

「さて、望。もしキリの良いところなら、コーヒーはいかがかね？　時には、きちんと休息を取ることも、君の大切な仕事だ」

「はい！　いただきます！」

そんなこんなで、彼女の日常に想いを馳せつつ、僕はコーヒーを楽しんだ。

エドワードたちと、しばし談笑を楽しむ。

「望は、本当に読書が好きなのだな」

「にゃあ」

二人の視線に、初めてまだ心が本の中にあることに気づかされた。

「あ！　すみません！　読書の直後は、いつも本に想いを馳せてしまうというかなんというか……」

恥ずかしさと申し訳なさで俯いた僕に、エドワードは微笑んだ。

「何を謝る必要があるのだ？　それは君の才能だろう？　ならば、存分に想いを馳せるが良い」

「にゃあん」

初めて自分が肯定された気がした。

「ここは、望が望むことができる場所だ。誰も君がすることを責めたり、怒ったりなどしない。だから、このハンカチで涙を拭きたまえ。せっかくの男前が台無しになってしまうぞ」

言われて初めて、自分が泣いていることに気づいた。

人生で初めて、自分を肯定された。施設の人間は厳しく、いつも否定されて育った自分は、いわゆる根暗と呼ばれる自己肯定感の低い人間に育った。褒められたことがなかった。

そんな自分を認めてくれた。自分を肯定してくれる人に出会えたのは初めてのことだった。

涙がとめどなく溢れる。久しぶりに子どものように泣きじゃくった。視界は、あっという間に水底に沈んだ。

エドワードが近寄る気配がしたかと思うと、背中を優しく撫でる感触が伝わってきた。

その手はとても温かく、それでいて優しかった。

その温かさが水源になったかのように、涙はどんどんと溢れてきた。そんな僕をあやすかのように、彼はただただ無言で撫で続けてくれた。

チャーリーは、ピタッと僕にくっついていた。特に何か鳴き声を上げるわけでもなく、ひたすらにくっついていた。

「ありがとう……。ありがとう……」

今の自分に出せる声で、想いを伝えた。

「大丈夫だ。君が抱えてきたものを、吐き出せるだけ吐き出せば良い。今の君を誰も止めはしないし、否定もしない」

エドワードは、優しい声で包み込んでくれた。それ以上は何も言わず、何も聞かず、ひたすら撫で続けてくれた。

泣きじゃくっていたら、だんだんと視界がまどろんできた。僕は、そのまま身体をエドワードに預けて、世界を手離した。手離す瞬間、

「ゆっくりおやすみ。ここは君の家だ。私たちは君の味方だから、存分に眠るが良い」

そう聞こえた気がした。


私は、泣き疲れて眠る望をそっとソファに預けて、ブランケットをかけた。

「彼は、たくさんの想いを抱えて生きてきたのだな……。今はそっとしておこう。彼をゆっくり休ませてあげよう」

「にゃあん」

「あぁ、そうだな……。彼を連れてきたのはやはり正解だったな」

彼の生い立ちを、私は知っている。壮絶な人生だった。親からの暴力。望の腕にあるのは、たばこを押し当てられた痕だ。すぐにでも助けたかったが、運命とは悪戯なものだ。

彼が両親から引き離された後、一時は行方を見失ってしまったが、結局育った孤児院でも、就職した会社でも孤立していたようだ。チャーリーが見つけてくれなければ、彼はもっと悲惨な目に遭っていたかもしれない。

「にゃおん」

チャーリーは、望から離れずピッタリとくっついたままである。

「そうだな。少しずつでも、彼の心がほぐせるよう、私も尽力しよう」

そう言って、私はすやすやと穏やかな寝息を立てる彼を眺めながら、チャーリーを撫でた。返事の代わりに、〝ちりんっ〟と鈴が鳴った。

Chapter・6
それぞれのピース

目を開けると、目の前に壁一面のアクアリウムがあった。小さな魚たちが、優雅に泳いでいる。

「にゃおん」

黒猫が鳴いた。いつものセットも一緒だ。

〝ちりんっ〟

鈴の音がした。今度は間違いない。近くで鳴った。よく見ると、彼女は鈴のついた首輪をはめていた。

「いつの間に……。誰かがくれたの?」

「にゃおん」

彼女は、嬉しそうに返事した。また、〝ちりんっ〟と澄んだ音が鳴る。

彼女は、どうやらこの首輪をとても気に入っているらしい。金の鈴と赤の首輪がよく映える。

しばらく彼女を眺めていると、黒猫が水彩色鉛筆を触り出した。

「あぁ、そうね。今から描くわね」

そう言って、水彩色鉛筆のケースを開けた。黒猫は、一度こちらに擦り寄った後、アクアリウムの魚を目で追い始めたのだった。

先に水草と石を描いていく。それこそ、魚が泳ぐようにすいすい筆が進む。今日は調子が良い。そう思ったのも束の間だった。

魚を描こうとしたら、魚が止まっていないことを思い出した。常に泳いでいるから、ジッとしていないのだ。これには困った。

描くそばから動いてしまって、どの魚かわからないのだ。さて、どうしたものか。

「とりあえず、覚えて描いていくしかないか……」

そう呟いて、できる範囲で描いていく。

生き生きと動く魚に合わせるかのように、水彩色鉛筆や筆がステップを踏む。軽快なリズムだ。

描き上げた魚は、生き生きと、それでいてどこかぎこちないのであった。やはり、魚には骨が折れた。

魚に踊らされたからか、彼女のあくびがうつったのか、あくびと共に睡魔がくる。私はそこに抗わない。目を閉じた。

午前六時半。いつもより早く目覚めてしまった。また一日が始まる。

ラジオをつけて、コップ一杯の水を飲む。少し早いが、朝のルーティンを済ます。余裕を持って支度を済ませたら、バス停でバスを待ちながら、読書をすることにした。

ツリーハウスの女性は、今日も絵を描くために旅に出ている。今日はどこかのアクアリウムだ。脳裏に、夢に出てきたアクアリウムを思い浮かべた。

「綺麗だったなぁ……」

彼女の絵は、どんな絵なのだろう？　きっと、私のよりも綺麗なのだろうなと思いながら、本の続きを読み耽(ふけ)る。

キリの良いところでバスが来たので、本を鞄にしまい乗り込む。今日はバラードの気分だから、前もってプレイリストにしておいた好きなアーティストたちのバラードを聴き込む。

火曜日は、月曜日に比べると憂鬱度はマシだが、それでも気持ちは上がらない。こんな時は流れに逆らわず、ルーティンをひたすらにこなすしかない。

職場に着くと、またいつものルーティンが始まる。印刷の紙を補充してみたり、会計処理をしてみたり。

ローテーションのように、ゆっくりと物事が進んでいく。ようやくお昼ご飯のタイミングで、すでに疲労感でいっぱいだ。

あぁ、なんと長い時間であることか。なんとかこなして一日を終える頃には、疲労困憊になっていた。

バスに揺られながら、音楽で心を浄化していく。自宅に着くと、さっさとお風呂を済ませて、メイクを落とす。

皮膚に呼吸をさせるだけで、こんなにも心持ちが変わるというのも、変な話だ。しかし、メイクを落とした後なら、リラックスしている気がするのだ。

晩ご飯もそこそこに、読書を始める。傍らにはインスタントココアだ。

彼女は、とある湖のほとりにいた。また絵を描く。私のように。ただ、彼女の完成した絵はわからない。自分が夢に見たほとりを思い浮かべて読み進める。彼女のラストは、想像した通り、「今日も彼女は、描くために旅立つのであった……」という文面で締めくくられていた。しかし、いろいろな場所を体験できた。それが大きな収穫だ。

そう思いながら、マグカップを片づけた。することを終えたら、布団に潜り込む。

「今日も描く」

そう思いながら、目を閉じた。

家に着くと、おじいさんはさっそくピースをはめようとガラスの蓋を開けた。おじいさんの持つピースが輝いている。ピースを近づけると、ここにはめてくれとでも言うように、ある箇所が光り出した。光る場所にはめると、輝きはそのままで光が消えた。

「消えた……」

綺麗な光は、蓋をする時のように消えていった。美しかった。

「さて、疲れたじゃろう。紅茶でも飲んで休むかの」

彼は、にこやかにあたしを見た。

「飲む！」

勢いよく返事をすると、彼は嬉しそうに微笑んだ。やかんに水を入れ、お湯を沸かす。その間にティーポットと、カップとクッキーを用意する。

「紅茶は、アールグレイで良いかの？」

「うん！」

お湯が沸騰するまでの間、本棚を眺めてみた。さまざまな言語の本が棚に並んでいた。読めない本も多いが、本を見ていると、ふと目を引いた作品があった。『空想の世界～夢と現実のはざま物語～』というタイトルだった。なんだか、無性に読んでみたくなった。手に取って読んでみる。それは、大人になりたての男の子が、今自分がいる世界みたいなところで、さまざまな本を読むという話のようだった。

「できましたぞ」

おじいさんの優しい声が聞こえると共に、アールグレイの香りが鼻をくすぐった。

「んーっ、良い匂い！　いただきます！」

本を一旦しまって、ソファにかけた。まずは、紅茶を一口。口と鼻いっぱいにアールグレイ特有の柑橘系のほのかな香りが広がる。

クッキーはシンプルなバタークッキー。一口かじると、バターの風味が口に広がる。サクサクと軽快なリズムで咀嚼する。またアールグレイを一口。バターの残り香に柑橘系の爽やかさが、ハーモニーを奏でる。

「おいしい……」

ほうっと溜め息をついて、先ほどの風景を思い出す。とても素敵な場所だった。あんなに静かな場所なのに、相反するように色に溢れていた。湖がキラキラと光り輝く様子は、どことなく星の輝きにも似ていた。

「おぬしのおかげで、助かったわい。改めて礼を言おう。ありがとう」

おじいさんの優しい声で、ハッと我に返る。

「良いよ、良いよ。あんな素敵な場所に行けて楽しかったし！　こちらこそ、素敵な景色を見せてくれてありがとう！」

そう言って、アールグレイを一口含んだ。香りのおかげで、口の中がすっきりした。

「おぬしが、夢で見てくれなければ、こんなに早く見つけることはできなかったはずじゃ……。本当にありがとう」

くしゃっと優しく笑うおじいさんに、ぎこちない照れ笑いを浮かべた。そして、それをごまかすように、クッキーをほおばる。そんなあたしに、彼は微笑みを向けるのだった。

クッキーと紅茶を満喫すると、睡魔が近づいてきた。大きなあくびの合図に、おじいさんが笑った。

「ほっほ。これはまた大きなあくびじゃ。疲れたじゃろう？　今日はもうおやすみ」

おじいさんの穏やかな声が、眠りへと誘う。

「そうするよ。紅茶とクッキーをごちそうさま」

そう言って、玄関と反対側の扉を開ける。

眠気と闘いながら、なんとかシャワーや歯磨きなどを済ませた。あとはベッドに潜り込むだけ。しかし、喉が渇いたので、寝ぼけながらコップ一杯の水を飲んだ。スマートフォンを見る余裕はなかった。諦めてベッドに潜り込む。あっという間に夢の世界へ向かっていった。


気づくと、あたしは砂漠にいた。少し肌寒い夕暮れ時。周りを見渡すと、またあの絵描きの女性が、黒猫と一緒にいるのを見つけた。

楽しげに絵を描く女性と、鉛筆を目で追う黒猫。どちらもとても楽しそうだ。

空は、紫からオレンジのグラデーションで彩られていた。そこには、輝く星がひとつ。どこか不思議議で、それでいて寂しげな雰囲気の漂う景色だ。まるで彼女と正反対だ。

彼女は、白のワンピースを着ていた。時折吹く風に、長く綺麗な黒髪がなびく。後ろ姿だけなのに、彼女の「楽しい」という感情が伝わってくる。それなのに、どこか少し寂しげにも見えた。どうしてなのかはわからない。しかし、その違和感が、彼女から目が離せない理由なのかもしれない。

彼女が絵を描き終えた。ほんの少し垣間見えた絵はとてもリアルで、垣間見た一瞬で魅了された。

「もっと絵が見たい！」

そう思いながらまばたきした瞬間、景色は我が家の天井に変わってしまった。

「あの絵、もっと見たかったなぁ……」

あんなに魅了されるとは思わなかった。夢の中の光景を思い出しながら、ぼーっとする。

外はまだ暗い。時計の針は午前三時を指している。朝にはだいぶ早い。

もう一眠りしようかと思ったが、一旦ベッドから離れた。なんとなく空が見たくなったのだ。

窓を開けて空を見る。外はしんと静まり返っていた。店などの灯りがほとんどないからか、ぽつぽつと星が見える。

〝空〟に関わるまでは、意識をしていなかった。夜空はなんと綺麗で美しいことか。宇宙とは、なんと身近なものか。いつもの夜空のはずなのに、ただただ圧倒された。

深呼吸をしてみる。空気はひんやりしていて、あたしの心身をすーっと冷やした。

「そろそろ、もう一寝入りするかな……」

ほどよい眠気に身を任せて、朝に備えることにした。窓を閉めて、ベッドに潜り込む。

眠気自体がそれほど強くないこともあり、始めはなかなか寝つけなかった。

しかし、ベッドが温まってくると、心地いい眠気に誘われて、あっという間に眠りについたのだった。


夢の中で、僕は彼女を眺めていた。

彼女は、絵を描いていた。何もない夢の中に、彼女だけがぽつんと座り込んで絵を描いていた。

僕は、彼女に話しかけようとした。しかし、声が出ない。

彼女は黙々と絵を描く。後ろ姿しか見えない。彼女の後ろ姿は、どこか寂しげで、それでいて優雅だった。

本の通り、白いワンピースを着ていた。

これは、自分の妄想が夢になっただけなのだろうか？　疑問と答えは、煙のように空中へと消えていった。

見えない彼女と、見えない答え。僕には、たくさんの見えない物事がある。彼女をどうすることもできないし、彼女も僕をどうすることもできない。

だけれど、どこかで彼女に期待をしてしまう。

「彼女なら……」

彼女なら、僕の心を溶かしてくれるのではないか。僕の心を温めてくれるのではないか。答えを空気の中に探す。

彼女は、僕には目もくれず、ただひたすら絵を描く。背中を丸めて、ひたすらに絵を描いていた。

彼女に気づいてほしいけど、気づいてほしくない気がした。

目を閉じて、彼女が鉛筆を踊らせる音に耳を澄ます。

彼女と僕だけの時間。

「心地いいな……」

音に酔いしれる。彼女の音は、情熱的なのに、ほんのりとした温かさと冷たさを感じるような音だと思った。

僕は、鼻から大きく息を吸い込んだ。紙と鉛筆と消しゴムの匂いがした。

そっと、彼女に近づいた。彼女は、僕に気づかない。だけど、彼女に近づくと、気温が少し上がった気がした。そして、花の香りだろうか？　甘い良い匂いがした。彼女の周りだけ春だった。

なんてリアルな夢だろう。僕の目の前に彼女がいて、絵を描（えが）いている。彼女の周りだけ、彼女だけの甘い匂いと、彼女だけの季節がある。

少し離れると、晩秋の早朝のような冷たさを感じた。

だけど、彼女の音は、彼女の想いが溢れるかのように、近づいても離れても、変わることなく力強く、情熱的で、どこか寂しげだった。

「僕の方を向いて。こっちを向いて」

やっと振り絞った声は、空気の中に溶けていった。彼女には、届かなかった。

この気持ちは、一体なんと言うのだろう。

彼女の顔を一目見るだけで良い。ただそれだけ。

こんなに近くにいるのに届かない声。やはり、彼女が本の中の世界の住人だからだろうか。

ただひたすら、彼女を見つめた。背中を見ているのに、御簾（みす）越しに彼女を見ているようだった。

近くて遠い彼女の存在に、胸が苦しくなった。

彼女に触れたくなった。だけれど、触れてはいけない気がした。彼女は触れてはいけない存在だと思った。

触れると、彼女が穢(けが)れてしまうような気がした。そして、触れることで壊れてしまうような気もした。

「やっぱり、彼女は遠くから眺めておくべき存在なんだ。触れてはいけない。僕の入れない世界に彼女はいる」

僕の心は、静寂を湛えた水面のように静かになった。

彼女は、そんな僕のことを気にすることもなく、まだまだ描(えが)き続けていた。

僕は、まるで惑星のように、彼女の周りで存在しているようだった。

Chapter・7 メロディー

目を開けると、そこはとある小屋だった。

外に出ると、湖と青々とした山があった。もちろん、いつものセットと彼女もいる。いつもと違うのは、うっすらとした靄（もや）の中にいることだ。しんとした空気が新鮮で気持ちが良い。

「にゃあん」

〝ちりんっ〟という鈴の音と共に、彼女が擦り寄ってきた。

「ここは空気が気持ち良いね、黒猫ちゃん。今日も描くから、そばにいてね」

そう言って、湖と山が比較的よく見える木の根元に腰かけた。深呼吸をすると、清々しい空気に心と身体が洗われていく。もう一度深呼吸をして、水彩色鉛筆とスケッチブックを手に取る。

靄は、まだ晴れていない。少しぼんやりと映る景色。

「どうやったら、この靄を上手く表現できるかな？」

「なおん」

私は眉尻を下げた。彼女も困ったような声を出した。とりあえず、靄が晴れている景色を想像する。晴れている時の色に近い色を選んで描いていく。

しかし、どこか納得がいかない。靄の表現をまだ描いていないのもあるが、それ以外に違和感を拭えないのだ。

「何が足りないのだろう？」

手を止めて、景色とスケッチブックを見比べる。

「みゃああ」

不意に彼女が鳴いて擦り寄ってきた。

「どうしたの？」

彼女は何も答えず、私の目を真っ直ぐに見つめた。綺麗なグレーがかったブルーと、イエローのオッドアイだ。瞳に吸い込まれそうな感覚を覚えた。

しばし見つめ合う。彼女は微動だにしない。鮮やかな瞳。艶やかな体毛。彼女に生命力を感じた。

彼女を見ていると、突然ピンときた。彼女と山とスケッチブックを見比べる。何度も何度も見比べる。見比べては鉛筆を走らせる。

緑や黄緑、黄色や茶色。ただ緑と黄緑が混ざっているわけではない。この世界は、こんなにも色に溢れている。それなのに私は、気づいていなかった。すぐに気づきそうなのに。

「こういうところが、天才との差なんだろうな……」

天才の絵を見て、諦めた過去を振り返る。しかし、水彩色鉛筆の手は止めない。だって、楽しいから。

「これは夢なのでしょう?」

コンクールの結果など気にしなくても良いもの。だから、好きなように描くわ。私が楽しめる描き方で描くわ。

水彩色鉛筆が踊る。くるくると踊る。時には跳ねて、時には蝶のように舞う。水彩色鉛筆のミュージカルは、華やかで生き生きとした作品を完成させていく。

靄は、まだ晴れる気配がない。靄は、ほぼ白に等しい灰色。木々に、湖に、山に、空に、ゆったりとヴェールをかけていく。生き生きとした表情は、ヴェールをかけると眠りに落ちていく。水彩筆で柔らかさを強調すれば、そこはもう夢の世界だ。絵は、夢の世界へ落ちて幕を閉じる。

「できた……」

靄の中で、柔らかな空気を吸い込む。靄に包まれて、しばしの休息。描いた絵を眺めつつ、木にもたれて景色と空気を堪能する。静かな場所だった。

「気持ちが良いね」

「にゃおん」

そんなやり取りを楽しみながら、彼女のぬくもりに触れる。穏やかな時間。私は、その時間に身を任せた。

午前七時。ラジオをつける。口をゆすいでから、コップ一杯の水を飲む。なんだか、身体がガチガチな感覚がする。軽くストレッチをして、心身をほぐす。

ラジオから聞こえてくる爽やかな低音ボイス。ＦＭ76・０のＤＪは、今日も絶好調ならぬ〝舌好調(ぜっこうちょう)〟だ。今日は、好きな曲がよくかかる。私のテンションと体温が上がって、目が覚めていく。

「ふふふふーん♪」

軽く鼻歌混じりに、トーストとお気に入りのココアを準備する。準備ができたら、トーストにジャムを塗って、かじる。イチゴの風味が口の中に広がる。

少し咀嚼してはココアで流し込む。今日のルーティンも、今のところ順調だ。かじって咀嚼して、流し込む。この動作を繰り返しながら、ラジオを聴く。

歯磨きや着替えなどを済ませて、玄関を出る。夢のおかげかラジオのおかげか、今日の空気は清々しい。

「おはようございます！」

元気に挨拶をして、バス停へ向かう。

「今日の音楽は、アップテンポな曲にしよう」

なんて独り言を言いながら、イヤホンを耳につける。心地がいい重低音を聴きながら、バスに揺られる。行きたくないと行かなきゃという感情の鍔迫（つばぜ）り合いが始まる。

職場に着いたら気合いを入れるので、勝敗がつく。

嫌々ながらも、きっちりとルーティンをこなす。やると決めた以上は、妥協したくはない。真面目なキャラクターとして通っているのだから。

周りの決めたキャラクターというレッテルに沿うように生きていれば、これ以上人間関係が悪くなることはない……と思いたい。

ルーティンが終われば、今日は買い物をして帰る。いつものスーパーに立ち寄り、新鮮な野菜を吟味する。おいしそうなブロッコリーを見つけた。

帰宅すると、晩ご飯の準備をする。ブロッコリーを塩茹でし、冷蔵庫に眠っている人参とソーセージをサッと炒める。味つけは、シンプルな塩胡椒だ。

「いただきます」

誰に聞こえるわけでもないが、食前食後の挨拶は欠かさない。届くわけではないけれど、原材料を作ってくれた人に感謝したいのだ。

黙々と食べる。一人だから、さっさと食べ終えてしまった。

「ごちそうさまでした」

片づけを済ませて少し休憩したら、シャワーを浴びる。そして、湯船に浸かり、まったりする。お風呂から上がり、スキンケアとストレッチを済ませたら、髪を乾かす。髪が長い分、なかなか乾かない。やはり切ってしまおうか。

寝る準備ができたら、ようやくお楽しみの時間だ。ラジオをBGMに、今日から読むのは、『空想の世界～夢と現実のはざま物語～』だ。本屋さんで物色をしている時に、偶然見つけたもので、タイトルとハードカバーの質感に惹かれた。

開いてみると、どうやら二人の人物に関する物語になるらしい。まず出てきたのは、成人したばかりの男の子だ。白猫について行くなんて、なんと可愛らしい男の子なのだろうか。

思わず、くすっと笑ってしまった。彼がたどり着いたこの場所は、一体どこなのだろう？

気づけば、もう夜中になろうとしていた。続きが気になるが、明日も仕事だ。

栞を挟んで、本棚にしまう。ベッドに身体を預け、私は静かに目を閉じた。


朝がきた。

「準備しなきゃ……」

呟くものの、すぐには身体が動かない。朝が大の苦手だ。できるものなら、眠り続けていたい。しかし、動かねば。そう思って、なんとかベッドからはい出た。

トイレに行って、それから洗顔を済ませる。メイク、朝食、歯磨き、着替えと順番に、テレビを流しながら、流れ作業として済ませていく。

『今日のにゃんこ』で可愛い猫もバッチリ見たので、気合い十分だ。玄関の扉を開ける。

しかし、そこはいつもの外ではなかった。おじいさんのいる部屋だった。

「おや、おはよう。よく眠れたかの？」

「おはよう……だけど、あれ？　なんでここに……？　仕事……」

頭が混乱している。あたしは仕事に行こうと準備をした。玄関の扉を開けた。本来なら外にいて、自転車を漕いでいるはずだ。それなのに、目の前には部屋が広がり、あのおじいさんがいるではないか。

「おぬし、そんな格好のままで良いのか？」

「え、泥まみれになるのは困るけど……。そんなことより、あたし仕事が……」

「それなら、心配いらぬ。ここは、〝夢と現実のはざま〟じゃからの」

そう言ってにっこり笑う彼につられて、ぎこちなく笑った。

頭は追いついていないが、こうなったら着替えるしかない。スーツを泥まみれにするわけにはいかない。

一旦扉を閉めて、Tシャツとジャージのズボンに着替える。万が一泥まみれになった時のために、靴はヒールのないサンダルにした。

着替えが終わったので、扉を開ける。やはりおじいさんの部屋だった。どうやら、寝ぼけているわけではないらしい。

「さて、準備はできたかの？」

「できた！」

彼は優しく微笑んだ。

彼が何やら呟き、家の玄関を開ける。目の前に広がる砂漠に圧倒された。夢で見たあの景色だが、改めてその場にいると圧倒される。

夢での情景を思い出す。彼女たちはどの辺にいたっけ？　夢を思い出す。空のグラデーションと星の位置は、夢で見ていた場所と同じだ。彼女たちは、星とは逆の位置に座っていた。

「おじいさん！　あのあたりに立ってくれないかな？」

自分が動くとわからなくなるので、申し訳ないが彼に動いてもらう。

「あぁ、構わんよ」

彼は、快く動いてくれた。

「ありがとう！　あ、でも、もうちょい右！」

「ここかね？」

「そう！」

思ったより早く夢で見た配置に合わせてくれたので、彼の足下を探す。ただ、見た限りでは落ちている気配はなかった。まさかと思いつつ、掘ってみる。しかし、見当たらない。

「ここかのう？」

そう言って彼は、自身の足の下を掘り返す。

彼が掘り返す砂を見ていると、一瞬キラリと光ったのを確認した。慌てて掘り返した砂を見てみる。そこには間違いなく〝空〟のピースがあった。

「おじいさん！　あった！　あったよ！」

「おぉ、そっちじゃったか！」

彼がにっこり笑った。笑顔になんだか和んだ。

「このまま、ずっとこんなことだけして生きていたいなぁ……」

ふと、言葉が出た。あたしは、何を考えているのだろう。彼は、聞こえたのか聞こえていないのか、何も言わなかった。

彼は、あたしから〝空〟のピースを受け取ると、大切そうに胸ポケットに入れて、ポケットのファスナーを閉めた。そして、お互いに無言で部屋に戻ったのだった。

彼は部屋に戻ると、ガラスの蓋を開け、そっとピースを胸ポケットから出した。星が瞬くそのピースに、〝空〟が光で反応する。

光る場所にピースをはめると同時に光は消えて、星が瞬く〝空〟の一部となった。

「いつ見ても綺麗……」

彼は、何も言わずにふわりと微笑んだ。その微笑みは、どこか悲しげにも見えたような気もした。気のせいかもしれない。

「ほれ、そろそろ戻りなされ。着替えもせねばならんじゃろう？」

彼は、優しく声をかけてきた。

「そうだね。そろそろ元の生活に一旦戻るよ」

そう言って、奥の扉に手をかける。

「またね、おじいさん」

「あぁ、またよろしく頼むよ」

彼は、笑顔で手を振る。あたしは手を振りながら、扉を開けた。

元の部屋に戻ると、さっそく着替える。思ったより砂まみれにはならなかった。時計を見ると、午前七時半。最後に時計を見た時よりも早い時間に戻っていた。

「時間が戻っているなんて……」

現実のそばに、こんなにも近くに不思議が扉を開けているなんて。ただただ、驚くしかなかった。

考えても仕方がないのだけれど、ついつい考えてしまう。しかし、今いるのは現実。

「でもそもそも、今いる場所が現実なの……？」

わからない。だんだんと、現実と不思議の境目がわからなくなってきた。

「あ！　もう出ないと！」

慌てて玄関を出る。いつもの出勤時間に間に合うように、早めに家を出た。自転車で駅まで向かい、電車に揺られる。職場に着いたら、業務をこなす。

お昼時の女子の会話に混ざりながら女子力の情報収集をすると、午後からの業務の始まりだ。

慌ただしく時間が過ぎていく。慌ただしく過ぎているはずなのに、時間自体はあまり過ぎていないようにも感じた。

しかし気づくと、遠いように思われた終業時間になっていた。自由な時間が始まる。さっさと退勤し、電車に揺られながら音楽を聴く。〝世界を超える〟という意味合いのバンド名に相応しく、海外でのライブビューイングが発表されたり、ライブのたびに、新曲発表のたびに、あたしの世界と彼ら自身の世界を超えて、新しい世界に足跡をつけていく。

帰宅する前に、買い物を済ませる。今日の晩ご飯は、出来合いの煮物と漬物だ。一人なので、最小限の気遣いで済むのが楽だ。しかし、少し寂しくもある。

暑くなってきてはいるが、夜風は気持ちが良い。駅からの道中、自転車で夜風を満喫する。空には、星が瞬いている。あたしと同じ名前。

みんな同じ空の下なのだけれど、名前の親近感からか、たまに自分も空の一部になる夢を見ることがある。不思議で楽しい夢だ。だからこそ、今の〝空〟のピース集めが好きなのかもしれない。

「ふふふーんふん♪」

バンドの素敵な歌詞とメロディーを耳で受け止めながら、自転車を漕ぐ。

彼らのように、ストイックに生きたいと思う時もあったが、自分らしく生きていこうと思えたのも、このバンドのおかげだったりする。そんな彼らの曲を口ずさみながら、帰宅した。

帰宅したら、まずはシャワーを浴びて、晩ご飯を済ませる。あとは、大好きな曲を聴きながら、スマートフォンをダラダラ眺める。

良い具合に眠気がくるのを待ちながらダラダラするのも悪くない。歯磨きなど済ませて、この時間は至福のひとときだ。そのひとときを満喫し、心地よい眠気に誘われたので、ベッドに潜る。

夢は、あっという間にあたしを飲み込んだ。

僕が目を覚ますと、そばでチャーリーが静かな寝息を立てていた。

「ありがとう」

そう呟いて、起き上がる。

エドワードは見当たらない。喉が渇いたので、グラスに水を入れて飲んだ。チャーリーが起きる気配はない。チャーリーを起こさないよう、本棚を眺めてみることにした。

ここには、本当にたくさんの本がある。僕は日本語しかわからないから、日本語の本を吟味する。ここにあるすべての本を、僕は自由に読んでも良いのだ。『周りの目を気にせず読める』、それだけで十分幸せだ。

「ふふふふふん♪」

自然と鼻歌が出た。僕の心をいつも温めてくれたとあるバンドの曲だ。

ボーカルの声が出なくなり、一時期活動休止をしていたが、見事に復活してくれた。最近増えた僕のもうひとつの心のオアシス。そんな彼らの曲を口ずさんでいると、〝ちりんっ〟と鈴が鳴った。振り返ると、足下にチャーリーがいた。

「なおん」

彼は、心配そうな声を出した。

「ごめんね、心配かけたうえに、起こしちゃって。僕はもう大丈夫だよ。ありがとう」

彼は鈴を鳴らして、僕に無言で擦り寄った。彼のぬくもりを感じた。

思えば、ここに来てから、エドワードやチャーリーに良くしてもらってばかりだ。そのお礼もできていない。

何かできれば良いのだけれど、僕には本を読むくらいしかできない。それなのに、どうして彼らはこんなにも良くしてくれるのだろう？

「僕には何もない……」

思わず口をついて出た。そう言って、自分に幻滅する。

僕には何がある？　生きる価値は？　ここにいる意味はある？　自問自答しても、答えは出ない。わかっていても、頭をループする。

「みぁあん」

チャーリーが、頭を足に擦りつける。

「ごめんね、いつもありがとう」

彼は、首を傾げる。

「なぜ謝る必要があるのかね？」

エドワードがそう話しながら、入ってきた。

「あ、おかえりなさい」

「なぜ、君が謝る必要があるのかね？　君は何も悪いことはしていない。君は、ここで好きなだけ本を読んで、好きなことをすれば良いんだ。私たちは君を歓迎しているし、君が気を遣う必要はない」

彼は、優しい微笑みを僕に向けた。

僕の心は、途端に溶け出した。あぁ、ここの人たちは、なんて良い人たちなのだろう。こんなにも良くしてくれる。ここに来て本当に良かった。

彼らは、僕を無条件に受け入れてくれる。彼らのように優しい人になりたい。

「ありがとうございます」

精一杯の笑顔で、お礼を伝えた。エドワードは、僕に笑顔を向けながら、手荷物をテーブルに置いた。どうやら、買い物に行っていたようだ。リンゴがひとつ、紙袋から顔を覗かせている。

「さて、望。カフェオレはいかがかね？　チャーリーは、ミルクはどうだい？　新鮮な牛乳が手に入ってね」

にこやかな笑顔でそう言う彼に安心感を覚えた。

「みゃおん」

「いただきます！」

元気な返事に、エドワードも笑顔を浮かべた。

エドワードは、にこにこしながらカフェオレを作っている。

「アイスとホットのどちらをご希望かね？」

「あ、じゃあアイスで」

「ＯＫ。アイスだな」

「はい」

てきぱきと準備をして作っていくエドワード。チャーリーは僕のそばで丸くなって、されるがままに撫でられている。

チャーリーは、なんて人懐っこい猫なのだろう。ぬくもりに癒やされる。あったかくて、また寝てしまいそうだ。

「さてと、カフェオレだ。チャーリー、君には牛乳だ」

そう言ってエドワードは、僕の目の前にあるローテーブルにカフェオレと牛乳を置いた。

チャーリーは、のそっと起き上がると、ローテーブルに飛び移った。ひと舐めして気に入ったのか、ピチャピチャと音を立てながらひたすらに牛乳を飲んでいる。

「やはりチャーリーも気に入ったか！　この牛乳なら気に入ると思ったのだ。さ、望も飲んでくれたまえ」

「はい、いただきます」

　エドワードに促され、一口飲んでみた。おいしい。牛乳の甘みとコーヒーのほどよい苦味がよく合っている。牛乳が甘いからか、シロップがなくても十分な甘みを感じる。

「エドワード、これものすごくおいしいです」

「そうだろう？　新鮮で良い牛乳には、良いコーヒーが合うのだよ」

「そうですね。おいしいな」

　カランッと氷の良い音がする。エドワードは、どこでコーヒーについて覚えたのだろう。本当においしい。インスタントコーヒーや缶・ペットボトルのコーヒーくらいしか縁がなかった僕には、新鮮だった。

「エドワード。僕にコーヒーの淹れ方を教えてくれませんか？」

　真っ直ぐにエドワードを見つめる。彼は少し驚いた表情を浮かべつつも、

「あぁ、構わないよ。また次に淹れる時に、一緒に淹れようではないか」

と、笑顔を向けてくれた。

「にゃおん」

　僕も仲間に入れてくれと言わんばかりに、チャーリーが切なそうな声を出した。

「もちろん、見学も大歓迎だ」

と、エドワードが返事する。嬉しいのか、チャーリーは僕のそばへ来て、頭を擦り寄せ

た。僕の服に牛乳がついたのは、言うまでもない。

「ほらほら、チャーリー。望の服に牛乳がついてしまったではないか。望、玄関から見て左手の扉の部屋の引き出しに君の着替えを置いているから、着替えると良い。なぁに、遠慮は不要だ。すべて君の持ち物なのだから」

エドワードはそう言うと、ヒョイとチャーリーを持ち上げて僕に着替えを促した。僕もチャーリーもおとなしく従う。チャーリーがまた牛乳を飲み出したのを見てから、促された部屋へ向かった。

扉を開けると、右手奥にベッド、その隣に机と椅子があり、引き出しがあった。ここでも本が読めるようになっているようだ。ベッドにダイブしてみたい欲を抑えつつ、引き出しを開けた。

僕が今まで使っていた服と、エドワードがチョイスしたと思われる服が入っていた。その中から、今まで着たことがあるTシャツを取り出して着替えを済ます。

「エドワード、ありがとうございます。それと、牛乳がついた服はどこで洗えば良いでしょうか？」

「着替えたかね。では、こちらの洗面台で洗うと良い」

そう言って、僕が入った部屋の向かい側の扉を案内された。サッと洗って、ハンガーにかけた後、風呂場にあった物干し竿に吊るした。

「さて、望。そろそろ飲み切らないと、氷で薄くなってしまうぞ」

そう促され、飲みかけのカフェオレを思い出した。ソファにかけて飲むと、少し薄くなり始めていた。

Chapter・8 夢まぼろし

私はとある部屋にいた。いくつかの扉があり、外は明るい。壁一面に本棚があり、部屋の中央には、ガラスで蓋をされたジグソーパズルが置いてある。

〝ちりんっ〟

ソファに、いつもの彼女が座っていた。

「あら。今日は、ここを描くのかしら？」

声をかけると、黒猫はソファから降りて、とある扉をガリガリとかき始めた。

「外に出たいの？」

扉を開ける。一度こちらを見上げると、外へ出てまたこちらを見る。

「外に出ろということかしら？」

周りは森だった。扉を閉めて振り返ると、小屋だと思ったその場所は丘だった。どうやら、丘の中に洞窟のように部屋があるようだ。丘のてっぺんには、大きな木が一本そびえている。

木をよく見ると、男の子……いや、ギリギリ成人男性だろうか？　一人の男性が、読書をしていた。彼のそばには白猫がいて、彼は時々その子を撫でていた。

声をかけようかと考えた。ただ、そよ風にそっとなびく横髪がとても芸術的で、なんだか綺麗なワンシーンに思えた。

「にゃおん」

彼女の声で、ハッと我に返る。綺麗なシーンに見惚れていた。――彼を絵にしたい――そんな気持ちが溢れてきた。ちょうどそばにいつものセットがあった。

少し丘と距離を置き、ベストポジションを探す。ベストポジションは、思ったよりも早く見つかった。見つけた場所に腰をかける。

さっそく描き出す。滑らかで鮮やかに弧を描く。みるみる丘ができあがる。丘ができると、次は木だ。太くどっしりと構えた木を、力強く、それでいて優しく包み込むように表現する。

くるくると華やかに、そして優雅に動く水彩色鉛筆は、フィギュアスケートの選手のようでもあり、バレリーナのようでもあった。

男性は、穏やかに、それでいて涼しげに読書をしている。本に集中しているのか、こちらには気づいていない様子だ。そんな彼の様子に惹かれている自分がいた。

彼は木陰で読書を続ける。そんな彼を私は描いている。

二人と二匹の静かな時間。だけど、彼は気づいていない。少し寂しい。なぜだろう。彼に気づいてほしい。そう願う自分がいた。

水彩色鉛筆の出番が終わって、絵筆が身を乗り出す。私の感情のように、見ている景色を滲ませていく。

「ねぇ、気づいて。私はここよ？　あなたとお話ししたいの。だから、ねぇ、気づいて……」

言葉に出してみても、届いていないのか、彼は気づかない。視界が滲む。どうして、こんなに気づいてほしいのだろうか。自身でもわからず混乱する。感情が大粒の雫に包まれて溢れ出る。

しかし、手を止めるということはしなかった。いや、無意識に動かしていると言った方が良いのかもしれない。

スケッチブックに落ちる想いは、ほどよく景色を滲ませて、景色を生き生きとさせた。

この感情は、なんと言うのだろう。ただの下心かもしれない。少なくとも、小説やドラマのような綺麗なものではないだろう。

とめどなく溢れる雫で、絵ができあがっていく。きっと彼は気づかないだろう。逆にそれが良かったのかもしれない。今の私は、きっとひどい顔をしている。感情の荒ぶった鬼のような形相かもしれない。

最後の一雫が、絵を完成させた。彼に見てほしい。

「だから、ねぇ、こっちを向いて。私はここよ。お願い、気づいて。絵を見て」

傍らで、彼女が私を見つめる。宇宙のような深い瞳に吸い込まれるように、意識を手放す。意識を手放す瞬間、彼がこちらを振り向こうとしたような気がした。


起きると、枕は涙で濡れていた。寝起きで働かない頭のはずなのに、涙が止まらない。胸が苦しい。切ない。胸が、きゅーっと締めつけられている。

「準備をしなきゃいけないのに……。どうして涙が止まらないの……？」

あれは、夢だというのに。あれは現実のようで、現実ではないのに。

「そもそも、今いる場所が夢なの？　夢だと思っていた場所が現実なの？」

ひたすら涙を流しながら、空気に問う。返ってくるはずはない。わかっていても、問わずにはいられなかった。

どうしても、彼に気づいてほしかった。話がしたかった。なぜそう思うのかはわからない。せめて、一言……。ただ、一言……。

「そうかと言って、何を話すの……？」

話したかったとは言え、何を話したかったのか自分でもわからなかった。ただただ、話したい気持ちだけが先走っていた。

何を話したいのかもわからないのに話したいとは、我ながら呆れる。呆れると同時に、なんだか笑えてきた。

「ふふっ、変なの」

泉からはまだ雫が溢れていたが、一度笑い出すと止まらなくなった。朝から忙しい。

「あ、準備をしないと」

週の折り返し地点。朝から泣き笑いとは、なんとも忙しいスタートだ。

顔を洗って、ラジオをつけて、コップ一杯の水を飲んで一呼吸する。

「さ！　切り替えた！」

自らに気持ちを切り替えたと言い聞かせて、準備を進める。今日もラジオの音は爽やかだ。

洗顔して、化粧に着替えに朝食に歯磨き。よく考えると、女子はすることが多い。これでも、独身だから少ない方だ。結婚し、子どもができたら、きっともっと大変だろう。そういう意味では、世のお母さん方を尊敬する。

良い声と好きな音楽に背中を押してもらって、いざ戦場へ向かう。バスでおしくらまんじゅうをして、気合いを入れる。

戦場へ着けば、さまざまな戦いをクリアしていく。まるでＲＰＧのように、今日のステージの敵を倒していく。

昼休憩でエネルギーを補給して、またミッションクリアを繰り返す。単調なようで単調でないダンジョン。これで良いのだろうかと思う日もある。しかし、一度サイクルが安定すると、変化を嫌うのが人間だ。もちろん、中には変化を好む例外もいるが。

「少なくとも、後者ではないな」

そうこうするうちに、ようやくその日のミッションをクリアした。

上司や同僚は相変わらずだ。せめて、仕事のレベルアップをしていると良いな。少なくとも、経験値くらいは増えていてほしい。

通勤というミッションをクリアし帰宅する頃には、ＨＰは底を尽きかけていた。残りのＨＰで、なんとか寝るまでの諸々を済ます。

本日のミッションをコンプリートしたところで、私はベッドに寝転んだ。本をお供にエネルギー補給開始だ。

昨夜の続きを読む。彼にはどうやらここで本を読むという役割があるらしい。彼はとても本が好きなようで、好感と共感を抱いた。

そんな彼は、私のような状態の女性に淡い恋心のようなものを抱きかけているようだ。

そんな彼が突然倒れた時は、心底驚いた。そして、現実ではないにもかかわらず、ひどく心配になった。それと同時に、昨夜描いた男性は、ひょっとして彼なのではないだろうかと思った。確信はないけれど。

眠気がじわじわと浸食し始めたが、心穏やかではなかった。彼が目を覚ましたシーンでは、とてもホッとした。するとほぼ同時に、眠気がすっぽりと包み込んで、私を抱きしめたのだった。

夢の中で、あたしはとある小屋にいた。いつもの女性と黒猫も一緒だ。

あの女性は、今回も白いワンピースを着ていた。そしてあたりを見回してから、座り込んで絵を描き始めた。

描かれていく絵も、窓の外の景色も、まるでフレームで切り取った写真のようだ。

彼女が楽しんでいる間に、少し見回してみる。本棚があった。見てみると、あの丘の中の小屋にあった本と同じ『空想の世界～夢と現実のはざま物語～』があった。読んでみようと手を伸ばしたところで、

「できた……」

と、彼女の絵を完成させたという声が聞こえた。彼女の背後から覗き込むと、綺麗に切り取られた絵があった。

自然の風景とは、どうしてこんなにも落ち着くのだろうか。それと同時に、どうしてあんなにも恐ろしいのだろうか。それは永遠の謎であり、生きている証でもあった。

彼女は満足げだった。とても美しかった。絵も彼女も。

あたしは、本の存在も忘れて見つめていた。ただただ見つめていた。

いつまで見つめていただろうか。まばたきすると、あたしはいつもの天井を見ていた。

「あーあ、戻ってきちゃった」

空は明るい。ひとつあくびをした。身体を起こした瞬間に、スマートフォンのアラームが鳴った。

テレビをつけてからお手洗いを済ますと、顔を洗って口をゆすいだ。軽く身体を伸ばしてから、水を飲む。テレビからは、じゃんけんをする声が聞こえてくる。朝の支度をして、

簡単に朝食を済ませる。

「さ！　今日も張り切っていきますか！」

声に出して、自分を高める。家を出て、自転車に飛び乗る。ルーティンの始まりだ。

物事が流れるように過ぎ去る中、最近ブームの〝良いこと貯金〟をしてみる。そのリターンは、〝良い気分〟だ。ただそれだけと言えばそれだけかもしれないが、良い気分を味わうのも悪くない。噂によると、回り回って自分に返ってくるらしい。ならば、自分が困った時のためにしておくのも悪くはないと思う。不純な動機かもしれないが。

時間は流れに流れて、あっという間に夜を迎えた。周りが明るいので、星は一番星くらいしか見えない。

「空ってこんなに明るかったっけ？」

ふと、あの砂漠での星空が思い浮かんだ。夕暮れ時だったから一番星だけだったが、きっと夜になると、満天の星空なのではないかと考えてみる。

「満天の星空を眺めたいなぁ……」

スマートフォンの検索エンジンで、検索をかけてみる。意外と、まだ日本でも見られるらしい。

「近々、旅行にでも行くか！」

なんて考えてみたが、残りの有給休暇と相談しなければならない。どうせ行くなら、最低でも五連休くらいほしい。贅沢な悩みなのかもしれないと、一人で笑う。すれ違う人に、気味が悪いとでも言いたげな目線を向けられたのは、言うまでもない。

自転車に乗り、家路を急ぐ。さっさとやることを済ませて、早々に寝てしまおう。そう意気込んで、玄関を開けた。

「ただいまぁ」

「おや、おかえり」

「おじいさん！」

そこには、おじいさんがいた。どうやら旅の時間らしい。

「お疲れのところ申し訳ないが、準備ができたら一緒に来てくれるかの？」

「もちろんだよ！　でもちょっと待ってね。着替えたいのと、少し水分補給して、お手洗いは済ませたい」

と、苦笑いを浮かべて返した。

「構わんよ。ゆっくり準備をしなされ」

彼は微笑みを向けながら、手を振った。

ひとまず着替える（もちろんおじいさんに見せないように、風呂場で着替えた）。着替えを済ませたら、水を飲んでお手洗いへ。準備ができたら、いざ出陣だ。

「準備はできたかの？」

「できた！」

玄関の扉を開ける。さすがにもう驚きはしないが、開ける瞬間はやはりドキドキする。

小さな冒険のようで楽しくなる。見慣れた小屋の風景が広がる。

「さて……、今回が最後のピースじゃ」

「え！　もう最後!?　おじいさんと会うのも、これが最後なの？」

「そんなことはない。ワシはいつでも呼ばれれば会えるぞ」

これで最後と聞いて、あたしは不安になった。もうあの世界との繋がりが完全になくなってしまう気がした。

「大丈夫じゃよ。ワシは、扉の向こうにいつでもおるからの」

おじいさんは、あたしに微笑みを向ける。

「そっか……」

「ところで、今回はどんな場所かのう？」

「たぶん、どこかの小屋だよ。そこの窓から、綺麗な女性が絵を描いている夢を見たの」

「ほう、そうか。それは楽しみじゃのう」

彼が微笑む。彼の笑顔を見ていると、どこか懐かしくてなんだか癒やされる。

彼がお馴染みの手順で扉の前に立ち、呪文を呟く。扉を開けると、そこにはあの小屋が広がっていた。

さっそく、あの夢で絵を描いていた女性のいたあたりを調べる。しかし、いつもならあるはずなのに、今回は見当たらない。

「おかしいなぁ……。確かに彼女はここに座って描いていたのに……」

木目の隙間に落ちていないかと覗いてみるも、隙間自体がない。今回の夢は、はずれだろうか。

「他に何か見た覚えはないかの？」

「うーん……」

夢での景色を思い返してみる。彼女は、ここに座って絵を描いていた。黒猫もそばにいた。一度、彼女は窓際に寄ったような気がする。あとは、あたしが本棚に寄ったくらい。

「確か、彼女は窓際に寄った気がする」

そう言って、窓際を見てみる。ピースは、見当たらない。下に落ちているのだろうかと覗いてみるも、それらしき光の反射もない。

「うーん……」

どうしたものかと考えつつ、ふと本棚を見てみる。そういえば、ここの本棚にあの本があったはず。

「あったあった」

「ん？　見つけたのかの？」

「あ、ごめんね。違うの。夢でこの本を見ようとしたのを思い出したの。せっかくだから開いてみたくて」

その言葉を聞いた彼は、少しがっかりしたような、それでいて諦めにも似たような、複雑な表情を浮かべた。

あたしは、少し申し訳なさを感じながら、本を開いてみた。内容は、やはり小屋にあったのと同じようだ。

ぱらぱらと捲っていくと、コトンと何かが落ちる音がした。視線を地面に向けると、そこには探していたピースがあった。

慌ててピースを拾って、彼に声をかける。

「おじいさん！」

「なんじゃ、いきなり大きな声を出して……」

おじいさんが、少し驚いたような、呆れたような声を出して振り返る。

「あったよ！　ピースがあった！」

「なんじゃと？」

彼にピースを見せる。彼は目を見開く。

「どこにあったのじゃ？」

「本に挟まっていたの！」

彼女は、夢では本は触っていなかったはず。なぜ挟まっていたのかは謎だが、これでミッションクリアだ。

あたしたちは、安心しながら元の小屋へ戻ったのだった。


カフェオレを満喫した後、本の続きを読みたくなった。『空想の世界～夢と現実のはざま物語～』を手に取る。ソファに腰かけ、本を開いた。

彼女は、とある小屋にいた。どうやら、海の近くの小屋のようだ。潮風の香りがするらしい。彼女は絵を描いていた。とても穏やかな気持ちで描いているようだ。

なんだかホッとする自分がいた。彼女の感情が流れ込んでくる。黒猫もどこか安心している様子が、文面に表れている。

僕は、彼女の様子を文章でしか知らない。だけれど、『いつか彼女に出会える』、そんな気がしていた。彼女なら優しい表情を浮かべて、きっと僕を受け入れてくれる。なぜそう思うのかはわからない。だけれど、彼女に会いたいと思う自分と、きっと会えるという、不思議な確信があった。

「ねぇ、エドワード。ここには黒猫がいるって言っていましたよね？　その子は何をしているんですか？」

僕は、それとなく彼に聞いてみた。

「ルーンかね？　彼女なら、〝絵描き〟と一緒に、世界を飛び回っているはずだが……。彼女がどうかしたのかね？」

「ううん、一度も見たことないなあと思って」

少し、わざとらしかっただろうか？　しかし、彼女が絵描きと世界を飛び回っていると聞いて、確信に触れた気がした。僕の予想通りであれば、きっとその絵描きは彼女ではないだろうか。

「その絵描きさんって、女性ですか？」

「ん？　さぁ、どうだろうな？　私も、まだお目にかかったことがないのだ。ひょっとして興味があるのかね？」

　ニヤニヤと、紳士らしからぬ表情をするエドワード。僕はなんだか恥ずかしくなって、俯いて答えた。

「違うんです！　ただ、どんな人なのかなぁと思って……」

「世の中では、それを興味と言うのだよ」

　ニヤリとこちらを見てきた。なんだか恥ずかしさが増した。恥ずかしさを隠すことができず、チャーリーが慰めるかのように、擦り寄ってくれた。

「チャーリー。それは、傷口に塩を塗るようなものだぞ」

と、エドワードが僕の顔を見て笑う。

「んな？」

　チャーリーにはわからなかったらしく、不思議そうに僕を見た。僕は、ただ苦笑いを浮かべることしかできなかった。

「もう！　エドワード！　からかわないでくださいよ！」

「ははっ、すまない。あまりにも望が可愛らしかったものでな。つい出てしまったのだ。許してくれたまえ」

「今回だけですよ！」

「あぁ。もちろんだ」

エドワードは、まだ顔が笑っていた。これは、あまり期待できないかもしれない。

「もう……。読書に戻りますからね！」

照れ隠しのように、読書に没頭し直すことにした。

本の中は、長閑で穏やかな時間が流れているようだった。楽しそうな彼女たちに、あっという間に惹き込まれていった。

前回と違って、本の中の彼女は穏やかな時間を過ごしていた。

そんな彼女の様子に安堵し、続きを読み進めた。

日常に戻った彼女は、やはりどこか寂しそうで、退屈そうだった。僕が想像する彼女は、やはり絵を描いている時が一番美しい気がする。そんな彼女に会いたい自分がいた。

日常に戻った彼女を読んでいくうちに、なんだか無性に解放感を味わいたくなった。

「そうだ。外で読もう。エドワード、外で読んできても良いですか？」

「構わない。存分に満喫してきたまえ」

本を持って外に出る。外は明るく、心地よい風が吹いていた。さらさらと葉っぱの擦れる音がする。

空を見ると、あのピース型の黒い部分がひとつだけになっていた。

「そうだ、あの木の下で読もう」

家が埋まっている丘を登り、大きな木の根元に腰をかける。周りを見渡してみると、なんだか何かから解放された気がした。

木陰でゆっくりと本を開く。日常をなんとか終えた彼女は眠りについて、新たな旅路に向かっていた。

彼女は図書館にいた。彼女は本が好きらしく、本棚を眺めていた。眺める彼女は、きっとうっとりとした視線を向けているのだろう。

「僕にも、その視線を……」

言いかけて、どきっとする。今僕は、とんでもない妄想に駆られていたのではないか。彼女が実在しているわけないのに。ひどい妄想だ。でもいっそのこと、もっと妄想してみようか。

彼女は、図書館の本に見惚れている。彼女は、思いっきり図書館の空気を鼻から吸った。本と木とニスと埃の混じったあのなんとも言えない不思議な香り。それでいて心地がいい香り。

そんな中で、甘い香りを身体に纏って、彼女は絵を描き始める。途中で、人が通ったりするが、その人には彼女が見えない。もちろん、黒猫も。

長いようであっという間に描き上げた絵を見て、満足する彼女。きっと、彼女は本を読みたくてうずうずしているに違いない。

しかし、彼女に時間は残されてはいなかった。タイムリミットだ。

いつもの部屋に戻っていた彼女は、きっと落ち込んでいるに違いない。僕は、そんな彼女を慰めるのだ。

「おかえり」

そう言って、彼女をただ抱きしめれば良い。きっと、彼女は寂しそうに微笑む。

「寒くないかい？」

「いいえ、寒くはないわ。ちょっとがっかりはしたけど」

そう言って、僕の背中に手を回してくれれば良い。寒くても寒くなくても、僕が抱きしめ返すから、彼女はただそれを受け入れてくれればそれで良い。

我ながらなんともひどい妄想に、思わず笑った。チャーリーは突然笑った僕を、不思議そうに見つめた。

「あぁ、ごめんね。あまりにも自分の妄想がひどくて、つい笑ってしまったよ」

彼は、なんだかわからないといった様子で、諦めたようにそばで丸くなった。

彼の様子に和んで撫でていると、突然風が少し強くなった。本がぱらぱらと勝手に捲れていく。

「あっ……」

慌てて、本を止めた。そのページには、彼女が僕のいるような場所にいて、僕のような男性を描いている様子が描かれていた。

彼女は、どうやらその男の子に惹かれているようだった。文章から、彼女がその子に気づいてほしいという気持ちが溢れていた。

僕は嫉妬した。だって、彼女は僕のミューズだから。ヒロインだから。僕だけを見てほしい。

そう思って、彼女がいるのであろう角度へ視線を向けた。しかし、彼女はそこにいなかった。

Chapter・9
私・あたし・僕

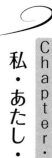

私は、雪の上にいた。さすがに寒い。

相変わらずリアルな夢だ。心身共に寒いけれど、どこか楽しんでいる自分がいた。

雪自体は降っていない。銀白の世界は、私を歓迎するでも拒絶するでもなく、中立にオーロラをほのかに映し出していた。

「幻想的……」

冬の幻想はどこか冷たさを帯びているが、どこか温かさを感じさせた。

「なぁん」

彼女は、今回はここよと言わんばかりに私を見つめた。

今回はいつものセットにプラスされて、コートと指先だけが出る手袋が置いてあった。

寒いので早々に羽織って、手袋をはめる。指先だけ出ているので、描くことはできそうだ。

不思議なことに、ぴったりのサイズだった。

水彩色鉛筆は、いつもよりも冷えていた。

手は寒さでどこかぎこちなく、機械のようにかくかくと動き出す。冷えた指先の感覚は、私の感覚から離れていく。〝こっくりさん〟をした時のように、私の意識から飛び立っていった。

満天の星空とオーロラが、冷たく深い宇宙(そら)を色鮮やかに温めていく。

手は、どんどんと描き上げていく。広く深く描き上げていく。

風が吹いた。コートのおかげで、寒くはなかった。しかし、スケッチブックのページが捲れてしまった。

「あ……」

自分が描いてきた絵が、走馬灯のように流れていく。

「私が描いたのね……」

ゆっくりとページを戻す。描いた絵は、私の心のようでもあった。

「描いてきて良かった……」

思わず、声に出た。

「みゃおん」

彼女は少し寒かったのか、擦り寄ってきた。

「こっちへおいで。一緒に温まろう」

そう言って、彼女をコートの懐に入れた。

「あったかいね」

「にゃぁ」

胸元から顔を出しているさまは、きっと前から見ると可愛いに違いない。

彼女を除いて自分しかいないのを良いことに、くすりと笑った。彼女はこちらを見上げて、不思議そうな顔をした。

彼女は、すぐにスケッチブックに視線を移して、水彩色鉛筆の動きに視線を戻す。私も、景色を映すことに頭を切り替えた。

暗闇に浮かぶ星は煌々（こうこう）と輝き、オーロラのカーテンは絹（シルク）のようにかかっている。

空は、なんとたくさんの顔を持っているのだろう。ある時は、日差しが燦々（さんさん）と降り注ぎ、ある時は、夕暮れのグラデーションを見せてくれる。他にも数え切れないほどの顔を持つ空に、我々はどれだけ魅了されてきたことだろう。

そうこうするうちに、気づくと水彩色鉛筆の出番は終わっていた。絵筆は、宇宙（そら）を深く濃ゆく、オーロラを淡く薄く染め上げていく。

「あぁ……。なんて綺麗な景色なのだろう……」

気づくと、頬には一筋の彗星の跡ができていた。感動が止まらない。どうしようもないくらい感動が止まらない。

想いのたけをぶつけるように、絵筆を走らせる。絵筆が止まらない。どうしようもないくらいの勢いで、絵筆が走っていく。止まらない。感動と絵筆の動きが渦を巻く。そして、私を飲み込んでいく。時に激しく、時に柔らかく、私を揉んでいく。止まらない。

「あぁ……」

感情の渦から抜け出せない。〝私〟でなくなっていく。渦は、吹雪のように荒れていく。止まらない手。止まらない渦。

描き終える頃には、軽く息切れをしていた。

彼女は、深く暗い瞳孔を開きながら、私を見上げた。

「描けたよ」

「みゃおん」

彼女の声と瞳が、渦を飲み込んでいく。すーっと、〝私〟に戻っていく。

吐く息が白い。オーロラを見上げると、彗星のように雫が目尻からこぼれた。

こぼれた雫が、私を離れると同時に、意識を手放した。

午前七時。水を飲んで、ラジオをつける。ローテーションの始まりだ。現実と夢の境目。まどろみの中で、爽やかな声を受け取る。アンテナは絶好調だ。しかし、ここ最近の夢と現実の境目が曖昧な感覚で、きちんと眠った気がしない。私は、まどろみの中で、夢と現実の狭間を行き来している。どちらが夢で、どちらが現実なのか。

「これじゃあ、わからないな……」

〝彼〟は、本当に存在するのだろうか？

「会いたい……」

あの読書をしていた彼は、どこの誰？　わからない。会いたいのに、知っていることは何もない。白猫と一緒にいるところを見ただけ。読書をしている姿を見ただけ。彼は、私と同じで、読書が好きなのだろうか？　それとも、さほど好きではないのだろうか？　彼を知りたい。もっと知りたい。どうすれば、彼に会える？

いろいろな考えにとらわれながら、支度を進める。ローテーションが一度崩れると、なんとなく調子が悪くなる。これ以上流れを崩さないように、自宅を出て出勤する。

職場に着いたら、事を進める。簡単で単調な仕事。でもどこかで、頭の片隅で、彼がチラつく。彼がどうしてもチラつく。夢でしか会ったことがないのに。

どうして、こんなにも彼が気になってしまうのか。夢の中の登場人物なのに。気になったところで、どうしようもないのに。

しかし、これが夢で、向こうが現実だとしたら？　現実逃避したいだけの妄想だろうか？　ここ最近の、リアルでどこか幻想的な夢のせいで、夢と現実の境がわからない自分がいた。

考えごとに耽っている間に、昼休みになっていた。お昼ご飯を食べながら、ぼんやりと考えていた。

休憩終わりのチャイムが鳴る。答えは出ない。しかしローテーションは、きちんと紡がなければならない。それは、給料をもらっている者の責務だ。ただし、生命にかかわらない限りでの話だが。

どんどん過ぎていく時間とローテーション。手持ち無沙汰にならないように気をつけるのも重要だ。

手持ち無沙汰になると、いろいろなことを考え込んでしまう。考え込んでしまわないよう、適度に動く。

ようやく迎えた終業時間に、内心ホッとしながら退勤する。

買い物を済ませて帰路につくと、なんだかそれだけで体力をかなり消耗してしまったらしい。

残りの力を振りしぼって入浴までは済ませたが、気づくとベッドに倒れ込んでいた。

うとうとしながら、まどろみに埋もれる。まどろみは、私を優しく包み込んだ。

目を覚ますと、時計は夜の十一時になっていた。どうしてだかわからないけれど、とても幸せな夢を見た気がした。


扉を閉めると、おじいさんはさっそくピースを〝空〟にはめようとしていた。あたしは、その様子を覗き込む。

ピースは光り輝きながら、自分の持ち場に戻った。〝空〟は、光り輝きながら、ピースが元に戻るのを受け入れていた。

おじいさんがピースをはめ終えると、〝空〟はひときわ大きく光った。そこには、煌々と星が輝く夜空が広がっていた。

「完成した……」

「そうじゃな……。改めて、礼を言わせておくれ。ありがとう」

「いいよいいよ！　あたし、とっても楽しかった！　こちらこそ、こんなにも素敵な体験をさせてくれてありがとう！」

あたしの言葉に、おじいさんは微笑んだ。

「おぬしのように、人に感謝できるというのは素晴らしいことじゃ。その気持ち、大事にしなされ」

おじいさんの言葉に、あたしは大きく頷いた。そして、ずっと気になっていたことを聞いてみることにした。

「おじいさん。今更なんだけど、聞いてもいい？」

「何をじゃ？」

「名前」

「おや、言うておらんかったかのう？」

「言ってないよ！」

彼は、きょとんとした顔をした。そう。あたしは、彼から未だに名前を聞いていないのだ。

「だから、ずっと『おじいさん』って呼んでいたのよ？」

「そうかそうか。それはすまんかったのう」

彼は、穏やかに笑った。

「ワシの名前は、ロジャーじゃ」

「ふーん。日本人ではないの？」

「日本人？　それは、おぬしらのおる世界の話の、『国籍』というものかの？　ワシらが今おる〝夢と現実のはざま〟には、無縁の言葉じゃ」

「どういうこと？」

「ワシらには、人種もなければ国もない。ここにいるのは、ワシと黒猫と白猫。あと、エドワードのみじゃ。他には誰もおらん。いや、この間一人増えたかの？　名前はまだ知らぬが、見かけた限りでは若い青年のようじゃ」

「ふうん……。ここは現実じゃないの？」

「現実のようで現実でない。夢のようで夢でない。〝夢と現実のはざま〟なのじゃ」

「〝夢と現実のはざま〟……」

ふと、本棚にあった『空想の世界～夢と現実のはざま物語～』を思い出した。あの本は、ここの世界の話を描（えが）いた本なのだろうか？　出てくる登場人物は、この世界と関係している人なのだろうか？　もしそうだとしたら、あたしも登場するようになるのだろうか？

次々と疑問が湧いてくる。

あたしはどうやらへんてこな顔をしていたらしい。彼はあたしを見つめてこう言った。

「面白い顔をして、何を考え込んでおるのじゃ？　愛嬌が台無しじゃぞ？」

「そこは、『可愛い顔』と言ってほしいなぁ……」

自分で可愛いわけでも美人なわけでもないことはわかっているので仕方がないが、やはり、面と向かって容姿に触れてもらえないところを聞くと、地味に傷つく。

こちらとて、一応は乙女だ。そんな乙女の心を傷つけた罪は重いぞと心に刻む。

「なんだかすまんのう。容姿も含めて褒めたつもりなのじゃが……」

しゅんとする彼に、なんだかこちらが心苦しくなった。

「あ、いや、なんかこっちこそごめんなさい」

彼は、それでも申し訳なさそうだ。

「言葉が下手でのう」

「そんなことないよ！　いつも優しい言葉に癒やされているよ。あたしの世界を広げてくれて感謝しているよ」

あたしの言葉に、彼は少しホッとした様子で微笑んだ。彼は、本当に口下手を気にしていたらしい。

あたしが彼に感謝しているのは確かだ。彼のおかげで、あたしの現実に花が咲いた。あたしの世界が広がった。

〝夢と現実のはざま〟がどんな世界なのかは正直よくわからないが、彼のおかげで、退屈だと感じていた日常を、楽しいと感じ始めていた。

「そうかのう？　そう言ってもらえるなら、ワシも案内した甲斐があったわい」

彼は、ふわりと微笑んだ。彼の微笑みを見ていると、なんだか安心する。その安心感からか、だんだんと眠気があたしを包み出した。

「ふわぁあ。なんだか眠たくなってきたなぁ」

「そうか。仕事で疲れておるじゃろうしのう……。今日は、もう寝なされ」

「そうするよ。でも、ロジャーと会うのは、これで最後じゃないよね？」

「大丈夫じゃ。いつでも会えるから、安心しなされ」

「わかった。おやすみなさい」

「あぁ、おやすみ」

あたしは彼に挨拶をして、自室へ戻った。なんとかシャワーなどを済ませて、ベッドに潜り込む。

眠気に導かれるままに、あたしは眠りの森へと向かって行ったのだった。

またあたしは夢を見ていた。彼女は、どこかの図書館で絵を描こうとしていた。きょろきょろと彼女は周りを見回している。白いワンピースが本の壁の中で際立っていた。彼女は、黒猫に促されて、絵を描き始めた。

それにしても、ここにはなんてたくさんの本が所蔵されているのだろう。あたしには読めない海外の書籍で溢れている。

あたしは、いつか洋書を読めるようになりたいと思っていた。大好きなシャーロック・ホームズのシリーズを読んでみたいと思っていた。そんな気持ちは、いつしか忙しさの中で奥底に沈んで行った。

「あぁ、こんな場所に少し憧れた時期もあったなぁ……」

思わずぼやいてしまった。ぼやきが誰にも聞かれていないことを確認する。

自分と彼女たち以外には誰もいない。近くにいるはずの彼女たちも気づいていないのか、振り返ることはなかった。

彼女は、今回も楽しそうに描いているようだ。彼女は、いつも本当に楽しそうに絵を描く。

あたしにそこまで熱中できるものはあるだろうか？　思い返してみても、それらしきものは思いつかない。何も思い当たらない。

あたしは、今まで何を楽しんで、何を好きだと思って生きてきたのだろう?

「自分には何もない……」

なんだか、急に自分が空っぽな気がした。

自分の手のひらを見つめた。何かが手に溢れ出てくるわけでもないが、手のひらをただひたすら見つめていた。

彼女はどんどん描いていく。彼女の感情が、絵に溢れていく。まるで湧水のように、まるでひとつの曲のように溢れ出てくる。彼女は止まらない。止められない。彼女を止めることは、酸素をこの世からなくすことのように感じられた。

かたや、自分には本当に何もない。一体、今まで何をして生きてきたのだろう?

自問自答してみても、自分が空っぽであることを鮮明にしていくだけだった。あたしは、彼女のようにはなれない。彼女のような、〝中身のある人間〟にはなれない。

今まで好きだと思ったことは、決して長くは続かなかった。気づけば〝過去〟になっていた。「あれがしたい」、「これがしたい」と、継続的に思えることがない。あたしは空っぽだ。

考えれば考えるほど、彼女を見れば見るほど、自分の薄っぺらさを直視させられた。

「何もないはずない! 何か! 何かあるはず!」

必死に思考を巡らす。何かあるはずだ。ひとつくらい何かあるはずだ。彼女から視線を逸らして、自分の手のひらを見つめる。しかし、見つめても何も思い浮かばない。あたしには何もない……。

ふと、彼女の手が止まった。誰かが来たようだ。慌てる彼女。それを遮る黒猫。どうやらやって来た人には、彼女たちが（そしてあたしも）見えていないらしい。

彼女はほっと胸を撫で下ろして、描くのを再開した。

それにしても、不思議な黒猫だ。彼女についても、この状況についても、きちんと把握しているようだ。なんと賢い猫なのだろう。

あたしは、黒猫に感心しつつも、彼女の描く様子を見つめた。

彼女のように、自分にも何か打ち込めることはあるだろうか？　今はまだなくとも、いつか見つかるだろうか？

「きっと見つかるよね」

自分にそう言い聞かせる。そうしないと、〝あたし〟でいられないような気がした。

彼女の手がすいすいと動いていく。流れるように、読書のように。するすると進んでいく。彼女の止まっていた手が嘘だったかのように、どんどんと描いていく。

彼女の原動力は、一体なんなのだろう。彼女は、〝好き〟だけでここまで描き進めているのだろうか？

彼女を見つめながら考えてみたが、あたしにはわからなかった。彼女ではないから。あたしは、彼女になることはできないし、彼女の心・想いは、彼女だけのものだ。きっとあたしにも、あたしだけの〝何か〟があるはずだ。自分を構成する要素は、友達だったり、職場だったり、家族だったり。どこかで、環境にも左右されるものなのだろう。今までがあって、〝あたし〟が存在している。

彼女が筆を置く音がして、はっとした。気づくと、彼女は絵を描き終えていた。彼女はとても満足そうだった。

彼女が館内の様子と絵を見比べているところで、あたしの目は覚めた。〝現実〟に戻ってきたのだった。


僕は、また読書を再開することにした。空は、今のところまだ明るい。しかし、いつの間にか、あのピース型の黒い部分がなくなっていた。よくわからないが、あれは一時的なものだったのだろう。

ほどよい風が心地いい。僕は座り直して、チャーリーを一撫でしてから元のページに戻した。本に視線を戻す。

彼女は、日常に戻っていた。退屈そうな彼女に、何もできない自分。もどかしさを感じる。

「本の中の彼女を、どうすれば笑顔にできるのだろう？　……できるわけないか」

一人苦笑する。本の世界には入れないのだから。しかし、どこかで彼女に会えるのではないかと、未だに思う自分がいた。それがどこなのか？　いつなのか？　そこまではわからない。どうしてそんなふうに思うのかも、わからない。ただ彼女に会いたい、彼女を笑顔にしたいと思う自分に支配されつつあった。

「ねぇ、どうすれば彼女に会える？」

傍らにいるチャーリーに声をかける。チャーリーからの返事はない。エドワードならわかるだろうか？

いや、本はあくまで本だ。〝現実〟ではない。彼女に会うことは不可能だ。彼女が実在でもしない限り不可能だ。もしくは、僕が本の世界に入らなければならないだろう。

「会いたいな……」

彼女を抱きしめてあげたい。目を閉じる。

「よく頑張っているね」

「そうよ。私は、〝真面目〟だけが取り柄だから」

「君には、他にも素敵なところがあるよ」

「それはどんなところ？」

「絵が好きなところ。絵を描いている時の表情。それから……」

「もういいわ。なんだか恥ずかしくなってきちゃった」

「そう？　他にも言えるのに……」

「私をちゃんと見てくれただけでも嬉しいわ」

僕は、彼女を抱きしめる。彼女は、僕の胸に顔を埋める。僕と彼女だけの世界。

「みゃおん」

はっと我に返る。うっかり妄想の世界に入り込んでしまっていた。

「だめだなぁ……」

チャーリーを撫でながら、ちょっとした自己嫌悪に陥る。一度妄想し始めると、その世界に入り込んでしまうのが僕の悪い癖だ。

「チャーリー、僕はどうして自分でこの妄想を止めることができないのだろうね」

「なおん」

チャーリーは、「君は何を言っているんだい?」とでも言うかのように、見つめてきた。水色と黄色のオッドアイに吸い込まれそうになる。目が逸らせない。なんだか、気持ちを見透かされているような気分になる。

空はまだ明るい。そよ風が顔を優しく撫でる。ふと、彼の瞳の中に彼女を見た気がした。彼女が微笑んでいる気がした。

「おーい。チャーリー、ちょっと来てくれ」

エドワードが彼を呼ぶ声がした。〝ちりんっ〟と鈴を鳴らして、チャーリーがエドワードの声のする方へと言ってしまった。

僕は一人、風を感じていた。風は心地よく、日差しは変わらず温かく包み込んでいた。風の音を聞いていると、少しうとうとし始めた。

気づくと、僕は〝彼女〟とソファにかけていた。彼女は微笑む。そして、顔を埋めて抱きついてきた。

暖かい。彼女というぬくもりに包まれる。暖かいまどろみの中で、僕は微笑む。彼女が微笑み返す。何も話さない。

言葉はいらない。〝彼女〟との間に、確かな繋がりを感じる。

愛おしい――。きっとこの感情は、そう呼ぶものなのだろう。そんな気がする。

僕は幸せに包まれていた。彼女に包まれていることで幸せなのか、彼女のそばにいることで幸せなのか。きっと両方だ。

「望。〝空〟を夜空に変える。起きたまえ」

ぱちりと目を開けた。見上げると、エドワードがいた。〝彼女〟はどこにもいなかった。

「いつの間にか眠っていたんですね……」

エドワードが、優しい笑みを浮かべる。

「よく眠れたかね？」

「はい」

夢の内容を思い出して、少し恥ずかしくなった。なんて夢を見ていたのだろう。熱くなった顔を見たエドワードが、くすりと笑う。

「夕日のような顔ではないか。一体どんな夢を見ていたのかね？」

エドワードに聞かれて、僕はますます恥ずかしくなる。あんなシーン、下手に言うと勘違いされてしまうに違いない。僕の妄想癖も困ったものだ。

「それはさておき、そろそろお腹が空いたのではないかね？　ディナーはいかがかね？」

ぐうと、お腹が返事をした。なんとも恥ずかしい返事に、また顔が熱くなるのを感じた。エドワードはくすりと笑った。

「いただきます」

「では、戻ろうか」

　本を抱えて、小さな洞穴(ほらあな)のような小屋へと戻ろうと立ち上がる。その瞬間、明るかった空が、一瞬で星空に変わった。僕は驚きのあまり、立ち止まった。

「あぁ。ロジャーが空を変えたのだ。大丈夫、いつものことだ」

　エドワードは、そう言って僕に早く入るよう促した。

　ディナーはすでにできていたらしく、室内には、シチューの良い香りが充満していた。

　ローテーブルには、シチューの入った器とパンとグラスが並んでいた。

「おっと、いけない。スプーンがまだだった。すぐに用意しよう。望は、先に座っておくと良い」

「みゃあ」

「あぁ。もちろん、君たちの用意はこっちだ」

　皿を二つローテーブルのそばに並べる。すると、どこからともなく黒猫がやって来た。

「望。紹介しよう。彼女が以前に話したルーンだ」

　彼女はじっと僕を見つめた。彼女も、綺麗なオッドアイだった。

「よろしくね」

「みゃおん」

彼女はひと声鳴くと、さっそく食事に取りかかった。さっきの声は、受け入れてくれたということなのだろうか？

「そして、彼がロジャーだ」

そう言って、エドワードは隣にいる人物を紹介した。いつか〝空〟を操っていたあのおじいさんだった。

「よろしく」

「よろしくお願いします」

「さて、望。君も冷めないうちに食べると良い」

「はい。いただきます」

一口食べると、シチューの優しい香りと味が口いっぱいに広がった。温かく優しい味だ。僕は、こんなにおいしい料理を食べたことがない。人が作る料理は、こんなにも温かいのか。おいしさのあまり、すぐにシチューを平らげてしまった。

「おや、もう食してしまったのかね？　おかわりはいかがかね？」

「いいんですか？」

「もちろんだとも。君のために作ったのだから、遠慮せずどんどん食べると良い」

パンとシチューを交互に食す。しかし、シチューの方が先になくなってしまう。またおかわりをした。

「ほっほ。良い食べっぷりじゃわい」

ロジャーが微笑む。

人生でこんなにたくさんの量を食べるのは初めてだ。お腹いっぱいになるまで食べた。僕は〝おふくろの味〟というものはわからないけれど、ひょっとすると、こういう味をそう呼ぶのかもしれない。

お腹いっぱいに食べて、後片づけをしようとしたら、エドワードに止められた。

「望。君は何もしなくて良い。これは、私の仕事だ。君に〝読書〟という仕事があるように、私にも仕事がある。その仕事のひとつがこれなのだ。だから、君はゆっくりしていると良い」

これがエドワードの仕事……。僕はやっぱり〝仕事〟というものをよくわかっていなかったようだ。危うく、エドワードの仕事を取ってしまうところだった。

「ごめんなさい……」

自然と口からこぼれ出た。

「なぜ君が謝るのかね？」

「だって、エドワードの仕事を横取りしてしまうところだったから……」

「しかし、私は横取りされていない。それに、望はこれが私の〝仕事〟だとは知らなかっただろう？」

「はい」

「であれば、何を謝る必要がある？　私は何も損害を被っていない」

「そうですが……」

「私が『良い』と言っているのだから、良いのだ。君が心を痛めつける必要はない。強いて言うなら、君は自分で自分を痛めつける癖を直した方が良い」

「はい……すみま」

「ほら、また謝る。私は『謝らなくて良い』と言ったではないか」

「あ……」

「大丈夫。ここには、君を苦しめるものも、責めるものもいない。私たちは、君の味方だ」

エドワードとロジャーが、優しく微笑む。その微笑みは、〝家族〟というものに向けるもののように思えた。

Chapter・10　チューニングは絶好調

時計をボーッと眺める。時計の針は、じっくり自分のペースで、それでいて容赦なく動いていく。

時間は、まどろみも私だけの〝彼〟も、どんどんと連れて行ってしまう。

そして、同時に空腹を連れて来た。お腹が悲鳴を上げる。

「何か食べよう……」

まだ起きない頭に任せて、のっそりと起き上がる。

冷蔵庫を覗き込む。めぼしいものは何もない。

冷凍室を覗き込む。冷凍食品の焼きおにぎりがあった。

「夜遅いし、これでいいか……」

電子レンジで温める。カチカチに凍った焼きおにぎりが温められる間に、のんびりとソファに腰かける。

そういえば、寝る前に食べると太りやすいという話を聞いたことがあったようななかったような。人間の身体は、なんとも繊細で扱いが難しい。

そうこうしているうちに、チンッと軽快な音が鳴った。焼きおにぎりができあがった。

電子レンジを開けると、香ばしい匂いが部屋に広がる。匂いに包まれながら、焼きおにぎりを口へ運ぶ。

「熱っ！」

どうやら、少し温め過ぎたらしい。持った温度以上の熱さに、思わず声が出た。

ふー、ふー、と息を吹きかけ、心持ち冷ましてみる。しかし、まだ熱い。湯気が、もわもわと立ち昇る。

湯気と共に、香りが鼻をくすぐる。ほどよく冷めるのが待てずに、かぶりつく。

はふはふと、口に含む。ご飯と醤油の香ばしい香りが口の中に広がる。

ついつい口いっぱいほおばるのは、食べる時の私の癖。

「あの子に、『口の中大きくないのに、またそんなに口に突っ込んで……』と笑われちゃうなぁ……」

あの子とは、私のことを理解してくれる数少ない私の大事な友達。その子のおかげで、今の私があるようなものだ。その子とは、久しく会えていない。また会いに行こう。

焼きおにぎりは、あっという間になくなってしまった。おいしいものや幸せなひとときは、本当にあっという間だ。

ほどよく小腹が満たされて、再び睡魔が顔を覗かせ始めた。

ぼやけた視界で世界を眺めながら、歯磨きを始めた。磨くにつれて、視界がクリアになり出した。どうやら、目が覚め始めてしまったらしい。口をゆすぐ頃には、世界は私を呼び戻してしまった。

仕方がないので、読書をすることにした。あの続きだ。『空想の世界～夢と現実のはざま物語～』は、男性の場面から、今度は女性の話に切り替わっていた。

女性にどこか共感する自分と、彼女が夢で見る女性の絵を描く場所にデジャヴを感じた。

これは夢の中の私ではないかというくらい、自分が夢で描いた場所が出てきた。

この本は、私のことを間接的に書いているのだろうか？　それとも、過去にこの本を読んでいて、それが夢になっているのだろうか？

正解は後者の可能性が高いけれど、このような内容なら部分的にでも覚えているはずなのに、欠片も記憶にないのだ。

記憶というものは曖昧なものだから、無意識層の中に埋もれているのかもしれない。そうだとしても、どうして今のタイミングで夢に見始めたのかという謎が残る。

いや、謎は謎のままの方が、ストーリーとしては面白いのかもしれない。そう思いながら、私は本をしまって目を閉じた。

私は、日中の町の雑踏の中にいた。柱のそばに、いつものセットと黒猫ちゃん。

磁石がくっつくように、柱に近づいた。

「にゃあ」

「こんにちは」

スケッチブックを片手に、町を描（えが）き出す。

雑踏には、たくさんの音が溢れていた。信号の音、人の歩く音、店ごとに流れる音楽の音。

音に耳を澄ませる。たくさんの音で心が踊る。絵にはどうやって表現しよう？

「あぁ……。音はこんなにも身近なのに、どうして今まできちんと耳を傾けなかったのだろう……。私は、もっと早くこの音たちに耳を傾けるべきだった……」

深呼吸をする。音は、時折ボリュームを変えながら、雑踏に溶け込んでいく。

水彩色鉛筆を雑踏のリズムに乗せる。時には早く、時にはゆったりと。

ころころと変わるリズムに乗せて、水彩色鉛筆のダンスは進んでいく。

描きながら、ぼんやりとこの先の自分を考えた。

　自分はこの先もこのように描き続けることができるのだろうか？　見えない未来に不安を感じた。それにつられるように、水彩色鉛筆の動きが不安定になる。

　私には、これが現実でないような気もするし、現実のような気もする。でも、きっといつまでも続きはしないだろう。

　この先はわからない。それは、現実でも夢でも同じ。たまに同じ夢を繰り返し見る人もいるみたいだけれど。だけど、少なくとも私は続かない。

「この夢が終わってしまう前に、描いてしまわないと」

　突然、描く途中で夢が終わってしまうような気がした。それと同時に、それはあってはならないことだとも感じた。

　心持ち急いでみるが、急いでも良い絵は描けない。気持ちばかりが焦っていく。

「どうしよう……。夢が終わる前に描かないといけないのに……」

　水彩色鉛筆のペースと心のペースが一致しない。リズムが乱れる。一度ずれた歯車は、なかなか元には戻らない。

「どうしよう。どうしよう」

　気持ちだけが先走っていく。周りの音が消えた。

「みゃおん」

彼女が鳴いた。はっと我に返る。手が止まったと同時に、空気が止まった

「どうして夢が終わると感じてしまったのだろう？　途中で終わるとも限らないのに」

深呼吸をした。また音が聞こえ出した。

滑らかに、それでいて優雅に踊り出す水彩色鉛筆。雑踏のリズムが明るくなった気がした。

できることなら、永遠に描いていたい。しかし、それは叶わぬ夢。ここには終わりがある。今までのように。

そうこうするうちに、水彩色鉛筆のダンスは終焉を迎える。

絵筆が壇上に上がる。力強く、そして優雅に泳ぐ魚のように、スケッチブックの上を動く。

「あぁ、これだ。私が求めていた雑踏だ」

「にゃおん」

彼女の合いの手を受けつつ、筆を踊らせる。

「これが、私が描（えが）くべき風景だ」

筆に羽が生えたように、ふわふわと、それでいてすいすいと筆が進んでいく。

あっという間に、筆の戯曲は幕を下ろした。

私は、もう一度雑踏に耳を澄ませた。人の話し声があちこちから聞こえてくる。不思議なことに、音はどこか遠くから聞こえているような感覚がした。描いている時はあんなに近くに感じたのに。

音は、本当はこんなにも遠いものなのだろうか？　わからないけれど、ここはやはり現実ではないのかもしれない。

「あなたは、夢の中の存在なの？」

彼女に投げかけてみた。真っ直ぐな目で、彼女は私を見つめた。

じっと見つめるその瞳の奥には、深い闇が広がっていた。

突然彼女は視線を逸らし、毛繕いを始めた。さっきのあの時間はなんだったのだろう？

不思議に思いながらまばたきすると、景色は部屋の天井へと変わっていた。

おもむろにベッドから起き上がり、窓から顔を覗かせてみた。満月がくっきりとその姿を見せていた。

目が覚めると、ほんの少し空が暗くなりかけていた。どうやら、昼寝をし過ぎたらしい。

喉が渇いている。もう少し布団に籠もっていたい気もするけど、仕方がないと起き上がる。水を飲んで一息つくと、完全に目が覚めてしまった。

今日と明日は休日。特に予定もない。なんとなく散歩をしたくなった。

服を着替えて、いざ出発しようとした時だった。「ぐううう」とお腹が鳴った。

「しまった。このタイミングで鳴るとは……」

仕方なく靴を脱ぐ。部屋に戻って、何を食べるか思案する。

なんだか、おにぎりが食べたい気分になった。でも、ご飯を炊いていると、散歩への気持ちが変わってしまうかもしれない。

冷凍庫を開けて、ストックしておいた冷凍食品の焼きおにぎりを食べることにした。

なんとなく四個の焼きおにぎりを、オーブントースターで温める。食べ過ぎになるかもしれないけど、まぁいいか。電子レンジは早くて良いけれど、いい具合の焦げ目が恋しくて、あえてオーブントースターで温めることにする。

「うん、いい感じ♪」

香ばしい匂いに逆らわず、できあがった焼きおにぎりに、思いっきりかじりついた。

「あちちっ！」

安定の自分に笑った。そりゃ熱いに決まっている。しかし、懲りずに放り込む。

「ほいひい……」

冷凍食品を開発した人には、本当に感謝だ。こんなにもおいしいものを、いつでも食べられるようにしてくれた。開発してくれていなかったら、きっとあたしの生活は、危機に瀕していたに違いない。

はふはふと言いつつ放り込む。パクッ、はふはふ、パクッ、はふはふ。きっとこの世界のどこかで、あたしと同じように冷凍焼きおにぎりを食べている人がいるのだろう。

「ふふっ」

どこかで誰かが同じことをしていると思うと、なんだか嬉しくなった。そうだ、散歩はやめて、どこかの誰かさんと、この親近感に乾杯をしよう。

缶ビールを出して、蓋を開ける。ぷしゅっと、気持ちの良い音がした。

「どこかの誰かさんとの親近感に乾杯！」

「おやおや、楽しんでおるのう」

ガチャッという音と共に、ロジャーが扉から顔を出した。

「ロジャー！」

「良い匂いにつられてのう」

彼が微笑む。

「ちょうど良かった！　ロジャーも、一緒に乾杯しよう！」

いそいそと、冷蔵庫からビールを出す。

「ほっほ。では、いただこうかの」

パシュッと音を立てて缶を開け、彼へ手渡す。

「「乾杯！」」

カンッと缶をぶつけて、一口、二口、三口。

「はぁーっ！　おいしっ！」

「良い飲みっぷりじゃのう」

彼が、優しい笑みを浮かべる。あたしは、笑顔で返す。

彼の微笑みに癒やされている自分を感じた。彼がいることに、安心感を覚えた。

「ロジャーに、ちょうど会いたい気分だったの。ロジャーを見ると、なんだか安心するんだぁ……。来てくれてありがとう」

「ほっほ。そりゃ良かったわい。ちょうど、良い匂いがしての。ひょっとしてはと思い、覗いてみたのじゃ。正解じゃったわい」

ロジャーは、ニコニコとあたしに話す。心なしか、顔が赤い。

「ロジャーは、お酒強い？」

「はて……。強いかどうかはわからぬが、酒はおいしいから、よく飲むのう……」

彼は、ニコニコしながら、ぐびりと一口飲んだ。

「そういうおぬしは、どうなのじゃ？」

「んー……。あんまり強くはないかなぁ……。でも、飲むのは好き！」

「ほっほ。そりゃ良いことじゃ」

彼はニコニコしながら、焼きおにぎりをほおばる。そんな様子を眺めつつ、あたしは、ロジャーのいる世界の話を聞いた。やっぱり、不思議な世界だった。

ほどなくして、ロジャーはおもむろに立ち上がった。

「さて、そろそろお暇するかの」

「え！　もう帰っちゃうの⁉」

あまりにも突然のことで、思わず声が上ずる。

「もう夜も更けてきたしの。明日は、仕事じゃろう？」

なんとも優しい言葉に、心が温かくなる。

「大丈夫！　明日は、有給休暇を使うことになっているから！」

「ほう、有給休暇とな。本でしか知らぬが、給料の出る休みのことじゃな？　しかし、しっかり眠らんとお肌に良くないと言うのじゃし、しっかり休みなさい」

「う～ん……」

その言葉に「確かになぁ」と感じつつ、まだどこか納得できずにいた。女にだって、夜更かししたい日もある。今日は、そんな日だ。

「いいの！　今日は、夜更かししたい日だから！」

「しかしのう……」

「あたしが良いって言ったら良いの！」

ちょっと意地になる。

「わかった、わかった。では、気を取り直して、飲むかの」

ロジャーは、にっこり笑う。

「よおし、飲むぞー！」

缶をまたひとつ開けて、焼きおにぎりの欠片を口に放り込んだ。

「そういえばじゃが……。おぬしは、いつから、あの夢を見るようになったんじゃ？」

「うーん……。確か、ロジャーに出会ってからだったかなぁ……？」

記憶を探る。どこかおぼろげな記憶だった。

あたしの記憶は、雲のように霧のように、そして靄のように、見えるようで見えない状態で、あたしに纏わりついた。

「そうか……」

あたしの状態を知ってか知らずか、ロジャーはじっと考え込んだ様子だった。

「ロジャー？」

急に黙り込んでしまった彼に、声をかける。しかし、彼は返事をしない。もう一度、声をかける。

「ロジャー？」

「……おや、すまんの。少し気になることがあっての」

「気になること？」

「おぬしは、子どもの頃から、この夢を見ておるのではないかと思っての」

「んー……。見た記憶はない気がするけど、不思議だったなって起きることは時々あるかな？」

「ふむ……。では、やはり、見ておる可能性があるのう……」

彼の言葉に、あたしの心臓がドクンと脈打った。

あたしは、ひょっとして夢で過去にもあの風景を見ている？　思い出せない。でも、どこかで引っかかる。ＤＮＡが知っていると言っているような気がした。

「無理に思い出さずとも良い。今記憶にないということは、忘れるべきことじゃったのじゃ」

彼は、いつものように優しく微笑んだ。

彼をよく見ると、瞳は琥珀のような色をしていた。彼の瞳に、記憶ごと吸い込まれそうになる。

あたしは、彼の言葉に引っかかりを感じつつも、半分開き直りつつもあった。

よくよく思うと、過去にもあの女性が出てくる不思議な夢を見た感覚はある。しかし、その内容は思い出せない。なんとも言えないもどかしさを感じる。

「さて、さすがにワシも眠くなってきたから、そろそろ眠らぬか？　もう十分じゃろう？」

彼は、そう告げて立ち上がる。

「う……ん……」

飲みたい気分は、とうに消え失せていた。その代わり、あたしは過去の夢が気になって仕方がなかった。しかし、夢ははるか銀河の彼方へと飛び立っており、戻ってくる気配はなかった。


記憶を探すように窓を見ると、空には綺麗な満月が顔を覗かせていた。

僕は、本を開いてみた。〝彼女〟が僕を待ってくれている。そんな気がした。

彼女は、また現実と夢を行き来していた。

「今度は、どこを描(えが)くのだろう？」

読み進めていくと、彼女はアクアリウムを描(えが)いていた。

真剣にアクアリウムを眺める彼女。真剣に彼女を見つめる僕。

彼女は、一生懸命に魚たちを目で追いかけていた。

自由にアクアリウム内を泳ぐ魚たちを見ていると、なんだか、息が苦しくなった気がした。

「僕も、今まではこんなふうにアクアリウムの中だけで生きていたのかな？」

自分の今までを振り返る。決して、自由だとは言い難い過去だった。もちろん、自由だと感じる時もあった。けれど、それは一定の枠内での話だ。規律があり、法律があり、その枠内での自由だった。

自由には責任が伴う。それと同時に、責任を取らなければならなくなるリスクを下げるために、法律や規律や理性、倫理といったものでお互いを守っている。頭ではなんとなくわかっているけれど、そこにどうしても壁を感じてしまう。

結局は、人間もある種の水槽の中の魚たちと同じなのかもしれない。いや、籠の中の鳥か。

「こんなこと考えても仕方ないのになぁ……」

一人苦笑しながら、読み進める。

彼女は、魚たちに苦戦しながらも、なんとか下描きを終えたようだ。水彩色鉛筆で、モノクロな世界に色を足していく。

彼女の色使いは本当に綺麗で、生き生きとしている。魚たちは、今にも動き出しそうだ。

彼女の描いたアクアリウムは、あっという間に、生命を持った。

そんな時だった。懐かしく香ばしい匂いが、鼻をくすぐった。くんくんと、匂いを嗅ぐ。

「望、小腹は空いていないかね？　焼きおにぎりを作ったのだが、良ければ夜食にどうかね？」

目の前には、皿に載った焼きおにぎりと、グラスに入った冷たい水があった。

香ばしい香りに、お腹が返事をした。

「いただきます」

僕は、照れ笑いを浮かべた。エドワードは、にっこりと笑みを浮かべた。

「さぁ、温かいうちに食べると良い」

「はい！　いただきます！」

一口かじった。

「あっつ！」

はふはふと言いながら、慌てて水を口に運ぶ。

「おや、これはすまない。少し温め過ぎたようだ」

「ひへ、はいほうふへふ」

言葉にならない言葉で、必死に大丈夫のサインを出す。

「それなら良いのだが……。火傷はしていないかね？」

ごくんと飲み込んで、熱さから逃れた。

「大丈夫です。とってもおいしいです。ありがとうございます」

「それは良かった」

彼は、安堵の表情を浮かべた。

「これは、エドワードが一から作った焼きおにぎりですか？　でも、どこか懐かしい味がするんですよね」

「いや、これは望が元いた世界に売っていた冷凍食品の焼きおにぎりだ。望が気に入っていたものだろう？」

「なぜそれを……」

「ここが、〝夢と現実のはざま〟だからだ」

彼がウィンクした。そんな姿すらさまになるのだから、彼はある意味ずるい。

「答えになっていない気がするのですが……」

「君が気にするほどのことではない、ということだ」

なんだか腑に落ちない。しかし、気にするなということは、これ以上の答えはないということだろう。聞いたところで、きっと満足のいく答えが返ってきそうにはない。

小腹が空いていたこともあって、懐かしい味を堪能する時間はあっという間に過ぎ去ってしまった。

「ごちそうさまでした」

僕は、食器を運ぼうとソファから立ち上がる。

「望は座っていなさい。これは私の〝仕事〟だ」

「良いですよ。これくらいさせてください」

今回は引き下がるつもりはなかった。〝仕事〟は協力して行うものだ。その方が効率的なこともある。

「しかし、これは私の〝仕事〟だ」

「仕事は協力して行うものですよ」

今回は引き下がらなかった。〝仕事〟の枠を飛び越えるチャンスであり、〝僕〟を超えるチャンスだった。

「ふむ……」

エドワードは、少し考えるそぶりをした。彼は、顎（あご）に手を当て考える。

「良いだろう。望の好きなようにすると良い」

少しして、彼は笑顔で僕を見た。〝僕〟を超えた瞬間だった。

「望は、自分の殻を破ったのだな……。そして、私も自身の殻を破ったのかもしれない」

エドワードは、チャーリーを撫でながら僕に微笑んだ。彼の微笑みは優しくて、温かかった。

僕は殻を破った。嬉しさと照れ臭さが、身体から滲み出る。滲み出たその感情は、僕を温めた。きっと、この暑さは、焼きおにぎりのせいではないだろう。

「なんだか、暑いですね」

「そうかね？　しかし、望の顔は少し赤いな。ひょっとして、熱でもあるのではないかね？　自分の殻を破るために無理をしたのではないかね？」

エドワードが、心配そうに覗き込む。更に照れ臭くなって、僕は顔を伏せた。

「大丈夫です。寒気はないですし、なんだか嬉しくて」

僕は、言葉を紡ぐことが得意ではない。でも、今まで話してこられたのは、エドワードやチャーリーが、僕のペースに合わせてくれたおかげだ。

「ありがとうございます」

「急にどうしたのかね？」

「にゃ？」

一人と一匹が、不思議そうに僕を見る。なんだか恥ずかしくなった。

「なんでもないです」

普通に話したつもりが、消え入りそうな声が出た。彼らの視線をなんとなく感じた。

ふと、窓から空に視線を向けると、満月も微笑んでいた。

Chapter・11 エンディング

満月を眺めて、私はまたベッドに潜り込んだ。布団は、自身の体温で、じわりじわりと温められていく。

気づくと私は、見知らぬおじいさんの前にいた。

「どうしたのじゃ？」

「あなたは誰？」

「酔っておるのか？　ワシをついさっきまで、ロジャーと呼んでおったではないか」

知らない。

「わからない……」

「わからぬと？　おぬし、やはり酔っておるな。やはりもう寝る方が良いのではないか？」

どうやら、さっきまで彼と飲んでいたらしい。空（から）であろう缶が、四本並んでいる。

とは言え、私は彼を知らない。ただ、なんだか無性に彼を描きたくなった。幸いにもスケッチブックがそばにあった。

「ねぇ、ロジャー……さん？　あなたをこのスケッチブックに描かせてくれませんか？」

彼の瞳が一瞬、鋭く光った気がした。

「そうか…。良いじゃろう……。ワシを描いて満足するのであれば、描くが良い」

彼はそう言って、にっこり笑った。

〝しゃっしゃっしゃっ……〟

鉛筆がスケッチブックの上を走る。彼は、じっと絵が完成するのを待ってくれている。

彼は全く動かない。私は、鉛筆が赴(おもむ)くままに、筆を走らせる。鉛筆が勢いよくスケッチブックの上を滑る。鉛筆のステップは激しさを増していく。

「この人を描いたら終わるんだ」

唐突に、事の終わりを感じた。今回の絵で、私のストーリーは終焉を迎えるのだと。

どうしてそう感じたのかはわからない。しかし、終わりとは突然やってくるものでもある。きっと今は、そのタイミングがこようとしているのだ。

この楽しかった絵描きの時間がなくなってしまうかと思うと、なんだか無性に悲しくなった。寂しくなった。もう彼女にも会えないのだ。

「みゃあん」

彼女が、私に擦り寄る。

「ルーンではないか。そうか……、おぬしはやはり……」

突然、彼は言葉を口にした。私は、彼女の名前を初めて知った。

「あなたは、ルーンという名前なのね。素敵な名前……」

「みゃあん」

彼女は、少し得意げに背筋を伸ばした。

そして、彼を描き終えると、私の意識はそこで途切れた。


「どうしたんだい?」

私は、〝彼〟のぬくもりに包まれながら、言葉を選ぶ。

「あのね……。あなたは、私の夢の中の人だから……。だから、そろそろさよならになると思うの」

〝彼〟は黙って聞いていた。私は、また言葉を選ぶ。

「このまま、あなたのぬくもりに包まれていたいけど、このままじゃいけない気がするの」

〝彼〟は一言も話さない。

「私は、そろそろ自分の殻を破る時が来た気がするの」

ようやく〝彼〟が言葉を紡ぐ。

「そう……。それが君の答えなんだね？」

「うん……」

私は、気づいてしまった。〝現実〟というものに。今までいた場所は、すべて〝夢〟だということに。

そうだ。私は、睡眠薬を大量に服用し、湯船に浸かりながら、カッターナイフで自らの手首を思いっきり切ったのだ。

突然、空気が冷たく感じた。〝彼〟の言葉はもう聞こえない。


気づくと、あたしは〝あたし〟を横から眺めていた。正しく言えば、〝あたしの身体〟を眺めていた。

身体は勝手に動いて、絵を描き始めていた。そして、身体が動くたび、身体から花のような甘い香りがした。自分がつける香水の香りではなかった。

「不思議……」

自分でも不思議なくらい落ち着いていた。

自分の身体を、あたし以外の人間が使っているというのに。いや、自分が今まで勝手に使っていたのだろうか？

「この頃は、現実も空想も、自分自身もわからなくなってきたなぁ……」

すべての境目があやふやな感覚に、めまいがした。でも、冷静に自分の身体を観察している自分もいた。

「せめて、もうちょっと美人に生まれていたらなぁ……」

世の中は、不公平と公平が同居した複雑な景色に溢れていることを痛感した。

感心と嫉妬が入り混じって、渦潮のようにぐるぐると渦巻く。

「あれ？　ひょっとして……」

ふと、自分の身体を操っているのは、あたしが夢で見た絵描きの女性のような気がした。

いや、描き方が彼女だった。

〝彼女〟はあたしの身体を使って、ロジャーを描いていた。自分にできないことを、したくてもできなかったことをやってのけた。

「彼女は、実体がある人ではないの……？」

彼女がここにいるとすれば、今目の前にいる彼女の身体はどこにあるのだろう？

「彼女はどこから来たの？」

「みゃおん」

自分の身体の横を見ると、黒猫がそっと寄り添っていた。

「あの子……」

やはりそうだ。あたしは、今自分の身体の中にいるのが夢の中の彼女だと確信した。

ロジャーをあっという間に描き終えたあたしの身体……いや、彼女は、最後に微笑んだ。


まばたきをすると、目の前にロジャーがいた。

「おかえり」

彼は、あたしに声をかけた。

「え、あたしはそばにいたよ？」

「知っておるよ。おぬしが、無事に自身の身体に戻れたからの」

「確かに……」

あたしが、あたしの身体に戻れなかった時のことを想像しかけて、慌ててやめた。ぞっとした。

「ところで、彼女は誰なの？　あたしの予想では、あたしの夢の中で絵を描いていた女性だと思うのだけれど……」

ロジャーは、あたしを見つめてこう言った。

「そうじゃったか。しかし、まさか彼女が絵描きじゃったとはのう……」

「絵描き？」

「左様。一度おぬしには話したことがあったかの？〝夢と現実のはざま〟では、猫が二匹と、ワシとエドワードと、望という青年がおり、黒猫のルーンが絵描きと共に〝空〟の絵を作っておったのじゃ」

「そうだったの……。え、でも、じゃあ、なぜ彼女はあたしの身体で、ロジャーを描いていたの？　自分の身体は？」

「左様。そこが、今回起こった不思議なことじゃ」

彼女は、わざわざあたしの身体を使わないといけない事情があったということだろうか？　そうだとしても、なぜあたしの身体なのか？

「わからぬ。さすがに今回のようなことは初めてじゃからの」

「彼女は、あたしのいる世界でいう幽霊というものなの？　そうだとしても、何に対して未練を持っているの？」

「それは、おぬしが一番わかっておるのではないかの？」

「あたしが？」

「左様」

考えてみる。彼女を見たのは夢の中だけ。現実には、会ったことはない。

彼女はいつも笑顔で絵を描いていた。彼女は、絵を描くのを楽しみにしていた。

「彼女は、ただ絵を描きたかったの……？」

彼女に想いを馳せてみても、思い出されるのは、楽しく絵を描いていた光景だけ。

「そうかもしれんな……」

ロジャーが、溜め息をつく。彼の溜め息は、空気に溶けていった。

「さて、おぬしにも見せるかの」

「何を？」

「それは、今の〝空〟じゃ」

「〝空〟？」

「左様。ついて来なされ」

彼について部屋を出た。あの本に溢れた部屋に入って、彼は〝空〟の前で、杖を振った。

ピースが宙を舞い、またそれぞれの位置へと戻っていった。

そして、いつもピース探しに使っていた扉へと向かった。

「さて。おぬしなら、この景色の意味がわかるかもしれんのう……」

そう言って、彼は扉を開けた。目の前には、紫とオレンジが見事なグラデーションの〝空〟が広がっていた。

「綺麗……」

思わず、言葉がこぼれる。

「この絵を描いたのは、さっきおぬしの身体でワシを描いた彼女じゃ」

「え？」

予想していたとはいえ、ロジャーから改めて言われると、戸惑いと驚きが顔を覗かせた。

「彼女が描いた〝空〟のひとつがこれじゃ」

〝空〟は、どこかカクテルのようでもあった。見ているだけでも、悲しさと美しさに酔いそうだ。

「丘の上からの景色はもっと綺麗じゃぞ」

そう言って、ロジャーは、丘を登る。あたしは、慌ててついて行く。

「彼女は、ロジャーを描くことが最後だと思ったのかな……」

彼女の気持ちに寄り添ってみる。彼女は突然きた終わりに、戸惑い、悲しみ、安堵したのだろうか？

不意に涙が溢れてきた。彼女がまだここにいるような感覚がした。それと同時に、寂しさを感じた。

「大丈夫かの？」

「大丈夫。大……丈夫……」

嗚咽が出る。ロジャーが、泣きじゃくるあたしの頭を撫でた。しわくらゃの手のひらを感じながら、あたしはただただ泣いた。

どこからか、ふわっとさっき自分の身体から漂っていた甘い香りが、鼻をくすぐった。瞬間的に、彼女の残り香なのだと思った。

僕は、なんだか不思議な感覚を覚えていた。

たった今、ロジャーと、二人の女性が目の前を通り過ぎて行ったのだ。そしてその瞬間、あのいつか嗅いだ甘い香りが、僕の鼻をくすぐった。

しかしそれは、幻のように、どこかぼんやりと視界に入っては、ふわっと消えていったような感覚だった。

「どうしたのかね？」

「今、ロジャーさんと女性が……」

「あぁ、ロジャーと〝彼女〟か……」

「〝彼女〟というより、〝彼女たち〟でした」

「〝彼女たち〟？」

「はい。女性が二人いたんです」

〝ちりんっ〟

目の前を黒猫がサッと通り過ぎ、玄関をガリガリと引っ掻いた。

「そういうことか……。ルーン、今開けよう」

エドワードが扉を開けると、ルーンは外へ飛び出して行った。

「あの人たちは一体……？」

「ロジャーと、彼と一緒に〝空〟のピースを探していた女性と、〝空〟を描いていた女性だろう」

「彼女たちを追いかけて、ルーンは外へ？」

「そうだ。ルーンは〝空〟を描くサポートをしていたからな」

僕だけ何も知らない気がした。

「僕だけ、何も知らないんですね……」

思わずこぼれる言葉。エドワードは困った顔をした。

「私も、詳しくは知らない。この世界の仕組みから、判断したに過ぎない」

「すみません。僕は、エドワードを困らせてばかりですね」

苦笑した。いつも、困らせるようなことしか言っていない。だから、両親も……。

「望。私は気にしていない。それに、望が知らないからと言って、私が困っているわけでもない。望が困惑するのは当然だ。そして、そのことを責めるつもりもない。だから、安心したまえ」

エドワードは優しく微笑む。僕はほっとしながら、微笑み返した。

「ありがとうございます」

「にゃおん」

チャーリーが、僕の足に擦り寄った。僕は彼に手を伸ばし、背中を撫でた。温かかった。

エドワードの言葉は、独特の口調だけれど、いつも優しさに溢れている。そんな彼の優しさに何度も救われた。だからこそ、彼の手助けとなることを、なんでもしたい。それが、どんなに些細なことでも。

「エドワード。僕にもっといろいろ〝仕事〟をさせてください」

考えているうちに、エドワードにそう言わずにはいられなくなっていた。

「どうしたのだ、突然。それに、望には〝本を読む〟という立派な仕事があるではないか」

「読書だけでは、足りないんです！　読書をするために、インプットをするために、アウトプットの場が、僕には必要なんです！　それに、僕ももっとエドワードの役に立ちたい！」

エドワードは、考え込む仕草をした。僕は、その動作をそわそわしながら見ていた。

「ふむ……。望が、自分の気持ちを打ち明けるようになったか……。これは、大きな進歩だ。他のことにも取り組もうという気持ちを持ち始めたことが、何よりも興味深い。良いだろう。これからは、望にもいろいろ手助けしてもらうこととしよう」

「みゃおん」

一人と一匹のぬくもりは、僕を柔らかく包み込んだ。

「そういえば……。彼女たちは、一体どこへ行ったんですか？」

「おそらく、〝空〟を見に行ったのだろう。望も行くかね？　今日は珍しい色合いをしているようだ」

「へぇ……。見てみたいです」

僕は、エドワードへ笑顔を向けた。エドワードはにっこりと笑った。

「それなら話は早い。外に出て、木の下へ行こうではないか」

彼は、先陣を切って玄関から外へ出る。

外の景色は、紫とオレンジのグラデーションで彩られていた。〝空〟はこんなにも不思議で美しいものなのかと、僕は感動せずにはいられなかった。

「さて、望。早く丘を登ろう。そこからの景色に敵うものはないぞ」

僕は促されるままに、丘を登った。目の前の木の下には三人と一匹がいたが、振り返った瞬間に、景色が僕の視界を支配した。

周りは、相変わらず森に囲まれていたが、紫とオレンジのグラデーションが、明るさと暗さを際立たせていた。それと同時に、絵にあるようなぬくもりを感じた。

右頬を一筋の彗星が走った。次の瞬間には、もう一筋の彗星が左頬を走っていった。

「なんて、綺麗な景色なのだろう……」

僕は、自然に身を任せつつ、ひたすら泣いた。

気づくと、エドワードが僕の隣で、〝空〟を眺めていた。

「〝空〟には、描いた人の想いや、優しさが詰め込まれている。だから、この世界は穏やかでいられるのだ。しかし、だからこそ脆(もろ)い。その脆さをサポートしながら支えるのが、我々の役目でもある。これからは、望にもその手伝いを頼みたい。頼まれてくれるかね？」

彼が、僕を真っ直ぐ見つめる。僕も真っ直ぐ見つめ返す。

「はい！　がんばります！」

返事を聞いたエドワードは、優しく微笑んだ。

「さて。それでは、私たちも木の下で一休みしようではないか」

「はい」

僕たちは、木の下の彼女たちの元へ移動した。そこには、夢にまで見たあの本の彼女とよく似た風貌の女性がいた。目印の白いワンピース。直感で本の中の彼女だと思った。

そして、もう一人の女性は、僕を見ると、涙をこぼし始めた。

「あれ？　なんで涙が……？」

彼女は、混乱しながら涙を流し続けた。

僕はどうすれば良いのかわからず、戸惑いながら彼女を見た。

「ごめんなさい。大丈夫だから……」

「大丈夫じゃ。おそらく絵描きの彼女の感情が残っておったのじゃろう」

ロジャーが、僕と泣いている彼女を交互に見ながら説明した。

「なぜか、あなたを見ると、やっと会えたと思ったの」

「そうなんですか……」

僕は、白いワンピースの彼女に視線を向け直した。

「ひょっとして君が……」

そう言って目が合った瞬間、彼女は霧のようにかき消えてしまった。まるで、そこに最初からいなかったように。

しかし、僕の瞼の裏には、かき消える瞬間の彼女の微笑みが焼きついていた。それはまるで、彼女の甘い残り香のようだった。

終

著者紹介

黒田真由（くろだ まゆ）

推しを糧に、いつもギリギリで生きている兵庫県人。

UVERworld と MIYAVI さんと flumpool が長年の推し。

ラジオも含め、他にもいろいろ聴く。特に好きなラジオ局は、Kiss FM KOBE と FM802。

特に好きな作家は、恩田陸さん、村上春樹さん、槙野道流さん等。

特に好きな漫画は、るろうに剣心、PEACE MAKER（PEACE MAKER 鐵含む）、BLEACH 等。今日も推しは尊い。

色(いろ)えんぴつのワルツ

2022年7月20日　第1刷発行

著　者　　黒田真由
発行人　　久保田貴幸

発行元　　株式会社 幻冬舎メディアコンサルティング
〒151-0051　東京都渋谷区千駄ヶ谷4-9-7
電話　03-5411-6440（編集）

発売元　　株式会社 幻冬舎
〒151-0051　東京都渋谷区千駄ヶ谷4-9-7
電話　03-5411-6222（営業）

印刷・製本　シナジーコミュニケーションズ株式会社
装　丁　　杉本桜子

検印廃止

ISBN 978-4-344-93936-3 C0093
幻冬舎メディアコンサルティングHP
http://www.gentosha-mc.com/